逃亡テレメトリー

JN090096

かつて大量殺人を犯したとされたが、その記憶を消されていた人型警備ユニットの“弊機《へいき》”。紆余曲折のすえプリザベーション連合に落ち着いた弊機は、ステーション内で何者かの他殺体に遭遇する。連合の指導者メンサー博士をつけねらう悪徳企業グレイクリス社とかかわりがあるのだろうか？　弊機は警備局員インダーたちとともに、ミステリー・メディアを視聴して培《つちか》った知識を活かして捜査をはじめるが……。ヒューゴー賞４冠＆ネビュラ賞２冠＆ローカス賞３冠＆日本翻訳大賞受賞の大人気シリーズ、待望の第３弾！　シリーズ短編２編を併録。

マーダーボット・ダイアリー

# 逃亡テレメトリー

マーサ・ウェルズ

中 原 尚 哉 訳

創元ＳＦ文庫

FUGITIVE TELEMETRY
COMPULSORY
HOME: HABITAT, RANGE, NICHE, TERRITORY
by
Martha Wells

目次

逃亡テレメトリー　九
義務　二〇九
ホーム――それは居住施設、有効範囲、生態的地位、あるいは陣地　二一七
解説　勝山海百合　二三九

# 逃亡テレメトリー

マーダーボット・ダイアリー

# 逃亡テレメトリー

# 登場人物

殺人《マーダー》ボット……………暴走警備ユニット
インダー……………上級警備局員
アイレン……………警備局特別捜査部員
ファリド……………警備局員
ティファニー…………警備局員
トゥラル……………警備局技術員
ガミラ……………港湾管理局管理者
バリン……………港湾管理局の貨物管理機
ジョリーベイビー……港湾管理局の貨物ボット
メンサー……………プリザベーション連合の指導者
ラッティ……………調査隊学術研究員
グラシン……………同。強化人間
ピン・リー……………同。弁護士

# 1

死んだ人間が床に倒れています。横むきで体をなかばまるめた格好。右手の下に散らばっているのは壊れたフィードインターフェースの破片。

弊機《へいき》は死んだ人間をたくさん（本当に大量に）見たことがあります。そこで初期スキャンをして、結果をアーカイブのデータセットと比較しました。体温と環境温度の差、土気色の肌、人間が死ぬとしばしば漏出する液体などの不快な物質。これらのデータは長期ストレージに保管してあります。比較すれば死亡推定時刻も出ます。

「約四時間前ですね」

メンサー博士がインダー上級警備局員と目を見かわしました。メンサー博士は皮肉っぽい表情。インダー上級局員は不快げ。とはいえ弊機が近くにいるときはいつもその表情です。

彼女は訊きました。

「なぜわかる？」

そこでスキャンデータとアーカイブの検索結果、そしてそれらの比較を、人間に可読な形式でレポートにまとめ、インダーのフィードアドレスに送りました。メンサーにもコピーを届けました。インダーは驚いてまばたきし、目の焦点を遠くへやって読みはじめました。メンサーは受信確認をしただけで、片方の眉を上げてインダーを見ています（弊機は普段からスキャンと映像の両方で外界を見ますが、いまは新しい情報収集ドローンを頭上で旋回させてそこからの映像も取得しています）。

場所はプリザベーション・ステーションのモールのジャンクション。三本の通路が交差する円形の空間です。そのうちの短い一本を抜けた先には、ステーションで二番目の大通路である横断バイパスがあります（通路は一本一本名前がついています。少々わずらわしいプリザベーションの伝統です）。このジャンクションは、名前はともかく人通りは多くありません。居住エリアから勤務エリアへの近道として使われるのがほとんどです（このステーションでは一時滞在施設と長期ステーション居住地の区別がありません。そういうところが企業リムとのちがいですが、プリザベーションにはもっと奇妙なところがいろいろとあります）。

このジャンクションも、プリザベーション・ステーション全体も、人間がひんぱんに死ぬ場所ではありません。脅威評価は一時滞在者とステーション居住者の両方において低く、あっても事故か、宇宙港での酩酊《めいてい》性嗜好《しこう》品を原因とする愚行や暴力くらいです。このジャンクションに特定すれば死亡事故が起きる脅威評価はさらに低く、ほとんどゼロです。高い天井につけられた照明と表面加工された青銀色の標準壁パネルがあるだけ。古い落書きの文字と絵は、ステーションの歴史を伝えるために保存展示されているものです。

その気になれば、パネルと遮蔽板の裏にある電源コネクタを露出させて、たとえば口にくわえたりすれば死ねるかもしれません。しかしこの人間の死因はそうではありません。

ステーション全体の脅威評価では、殺人事件の発生確率は最低ラインの七パーセントです（これ以下にするには無人惑星に行くしかありません）（弊機は契約業務で無人惑星へ行ったことはありません。契約業務で行く惑星はかならず有人です）。ここでこんなふうに死んで床に倒れた人間など見たことがありません。

インダーがようやくレポートを読み終わりました（人間は読むのがとても遅いのです）。

「これがどこまで正確かわからないが――」

そこへべつの警備局員がジャンクションにはいってきました。普段は生物学的危険物が貨物にふくまれていないか調べている技術員で、フィードIDはトゥラル。彼人《かのひと》は言いました。

「スキャン分析の結果が出ました。被害者の死亡推定時刻は約四時間前です」

インダーはため息をつきました。この情報がもうすこし歓迎されると思っていたトゥラル技術員は、困惑顔になりました。

そこで弊機が質問しました。

「身許《みもと》は？　家族などは？」

インターフェースが壊れているのでこれらの情報を引き出せません。しかしこの死んだ人間の身許を隠すために犯人が壊したのだとしたら、ずいぶんな世間知らずか楽天家です。プリザベーション・ステーションは永住者と船から下船した一時滞在者について、身許情報とボディスキャンのデータを保存しています。身許は難なくわかるはずです。

トゥラルは横目でインダーを見ました。上級局員はうなずいて、答えていいと認めました。彼人は話しました。

「皮下マーカー、クリップ型装置、身体強化部品などの身許情報が書きこまれたものは出ませんでした。そこで身体的特徴をもとに最近の到着者リストを洗いましたが、初期検索では一致する人物はいません」インダーの不満げな顔を見て、トゥラルは続けました。「インターフェースがないとなると、やはり医務員によるボディスキャンを待つしかありません。それをもとに来訪者の入境記録をあたります」

「その医務員がいまだに来ない理由は……？」

インダーの問いを予想していたトゥラルは、渋面で答えました。

「学校の集団検診日なので、通常の移動ボディスキャンを担当するボットが出払っているのかと。そうなると医務員が使う移動医療スイートを運んでこなくてはならないせいかと」

人間は、悪い知らせを伝えるときは疑問形にしてごまかす癖があります。そんなことをしても悪い知らせは悪いままです。

インダーは愉快そうではありません。メンサーは、〝言いたいことがあるけど言わない〟というようすで口もとをゆがめました。結局インダーが言いました。

「こっちは緊急だと伝えたのか？」

「伝えました。ところが先方が言うには、緊急といっても、現場の医務員が対象者死亡または蘇生《そせい》不能と宣言したらもう緊急ではないのであり、不要不急の業務リストの末尾にはいるのだとのことです」

プリザベーションではあらゆる手続きがややこしいのです。弊機も経験があるのでたとえ話ではありません。いや、まあ、たとえ話ですが。

インダーはきびしい表情になりました。

「こちらは殺人事件なんだぞ。犯人がもしまただれかを襲ったら――」

メンサーが割りこみました。

「わたしが通話をいれて説明するわ。事故死ではなく……そう、緊急事態であり、どうしても医務員に現場に来てもらいたいと」あらためて死体を見て、眉をひそめます。「通報を受けた時点で評議会は宇宙港を閉鎖し、即応船を周辺の警戒に出した。でもこの人物が居住者ではなく訪問者である……だったというたしかな証拠はあるの？」

即応船は武装船です。盗賊がステーションに接近するのを阻止し、帰港または寄港する船に必要な支援をするために哨戒《しょうかい》任務についています。港湾閉鎖の発令を受けて、議会が許可するまでは、停泊中や出港途中の船を待機させています。

「たしかな証拠はありません、議長。訪問者というのはたんなる推定です」トゥラルは認めました。

「そう」

批判的な表情ではありません。それでもトゥラルやインダーやこの現場に出てきた人々の仕事ぶりに納得していないようです。ステーション警備局が組織として力を発揮していないのは（すくなくとも弊機からは）明白です。

インダーも自覚しているらしく、頭痛をこらえるように鼻のつけ根を揉《も》んでいます。彼女はプリザベーションの人間のなかでは小柄で、肌はメンサーよりやや明るい茶色。年齢はやや年上でしょう。屈強な体型で、人を殴る力は強そうです。とはいえそこを見こまれて上級警備局員になったのではないでしょう。これはむしろ管理職です。

そのインダーはトゥラルに指示しました。

「とにかく身許調べを続けろ」

トゥラルは険悪な空気から逃げるように去りました。

メンサーの眉はインダーにむけられ、ますます鋭くなりました（いいえ、これは正確ではありません。描写が難しく、実際に見てもらうしかありません）。

インダーは両手を空中に上げるジェスチャーをしました。

「わかりました。話しあいましょう」

メンサーに続いて事件現場を離れ、横断バイパスへ出ました。通路幅が広く、高いアーチにささえられた天井には惑星の地表のようすがホロ映像で投影されて、まるで宇宙港が透明になったようです。ステーション最大のモール街から分岐した表通りには市民サービスのオフィスが並び、枝分かれした裏道は物資の配給エリアになっています。この時間の人通りは少なめですが、ステーションのボットが発光式のバトンを振って、人間や強化人間や浮上配送ドローンがジャンクション入り口と警備局機材に近づかないように誘導しています。そこに立つ局員たちはこちらを見て見ぬふり。メンサーに随行する二人の議員秘書は批判的な目で局員を見ています。

ボットにプライバシーシールドを張らせてもいいはずですが、メンサーとインダーはそうはせず、大型の植物バイオームの陰にはいりました。丸い大きな葉が垂れて食品サービス店入り口からの視線をさえぎっています（フィードマーカーで描かれた看板は、複数の言語とプリザベーション標準語彙のカラフルなサインで〝焼き菓子の店!!〟と謳《うた》っています。ただし就寝時間帯のため閉店中とも通知しています）。

比較的人目の少ない場所ですが、周囲から盗聴デバイスをむける動きがないかドローンに警戒させました。

インダーがむきなおって尋ねました。

「こういうことの経験があるのか？」

こちらはドローンで彼女を見て、顔と目は〝焼き菓子の店!!〟にむけています。看板のまわりで小人が踊っていますが、これが焼き菓子というものでしょうか。

「死んだ人間のことですか？　もちろんです」

メンサーの鋭い視線がむけられました。フィードの非公開接続がタップされたので承認すると、次のように送られてきました。

〈グレイクリス社のしわざだと思う？〉

うーん、ありえなくはないでしょう。いまのところは一件の不審死のみ。メンサーとも、グレイクリス社がターゲットにしそうなほかの人間との関連も見あたりません。

〈断定するにはまだデータ不足です〉

〈そう〉すこしおいて続けます。〈この事件についてあなたはステーション警備局に協力してほしい。わたしたちと企業との対立に関係あるかどうかにかかわらず、あなたにとってい い機会になるから〉

うーんうーん、です。

〈弊機は求められていません〉〈そもそも自分で自分を求めていないのですが、これぱかりは逃れようがありません〉

捜査は一人でやったほうが楽です。その過程で突然死したグレイクリス社の工作員の死体を始末する必要が生じたら、なおのこと一人のほうが簡単です。

〈この人間を殺したのは弊機ではありません。かりにそうなら、ステーションのモールに死体を捨てるような雑なことはしません〉

メンサーは続けました。

〈今後もプリザベーション連合にとどまるつもりなら、ステーション警備局との関係を改善しておくことはとても有益よ。それどころか、コンサルタントとして雇ってくれるかもしれない〉

メンサーが〝ばかね、これはあなたのためなのよ?〟という口調になるのはめずらしく、本当に有益だと思っているのでしょう。そして弊機はばかではないので、そのとおりだとわかります。しかし弊機が望むか否か、あるいは当地が弊機を望むか否かにかかわらず、いまはまだプリザベーションを離れるわけにいきません。なぜなら脅威評価が高止まりしているからです（脅威評価モジュールには常時データを入力しているので、定期的に評価を調べにいかなくてもリアルタイムで更新レポートが送られます。あらゆる新要素に反応して脅威評価は上下するので、わずらわしいといえばそのとおりですし、不安はやみません。それでも必要です）。

グレイクリス社の危険性について警備局に説明はしました。しかし弊機にとっての警備局の信用度は、警備局にとっての弊機の信用度とおなじです（つまり地を這《は》うほど低水準です）。そもそも彼らは企業に攻撃された経験がありません。日常業務は事故対応や、安全装置の保守管理や、違法ないし危険な貨物のスキャンなどであり、暗殺の試みを阻止したことなどありません。宇宙港の外のパトロールさえしません。

インダーは辛辣な目つきで弊機とメンサーを見ています。こちらが非公開フィードで会話していると察しています。メンサーがまだ眉でこちらをにらんでいるので、インダーの質問にあらためて答えました。

「はい、制御された環境における不審死を捜査した経験はあります」

疑っている目つきではなさそうです。

「制御された環境というと？」

「僻地《へきち》の労働施設です」

ますます不快げな表情になりました。

「企業の奴隷労働者収容所か」

「そうです。ただし警備ユニットがそのような表現をするとマーケティング部門とブランディング部門が怒って、サージ電流で脳と全身の神経組織を焼かれます」

インダーは顔をしかめました。メンサーは腕組みをして、〝これで満足した？〟と〝さっさと話を進めて〟の両方の表情をしました。インダーは目を細めました。

「メンサー博士はおまえを本件の捜査にくわえたいようだ。協力する気はあるか？」

まあ、過去にこのような事件を捜査したことがあるというのは嘘ではありません。僻地にある企業の採掘施設やその他の……いえ、採掘施設がほとんどです。とにかくそこの人間にとって最大の危険は、盗賊でも凶暴な人食い生物でも暴走警備ユニットでもなく、まわりの人間です。過失にせよ故意にせよ、人間は人間に殺されるのですが、過失か故意かは保険契約において大問題で、元弊社が保険金を支払うべきかどうかが変わってくるので、すみやかに解明しなくてはなりませんでした。そこで基幹システムは映像と音声の証拠集めを警備ユニットに命じます。人間の管理者は信用できないからです。よそから招かれた人間の管理者でもだめです。

人間がひそかにべつの人間を殺した事例を捜査したことも何度かあります。食事サービス中の衆人環視の食堂のまんなかで殺す事例ばかりではありません。とはいえ弊機が複数回の記憶消去を受けるまえのことなので詳細はあいまいです。殺人はそもそも起きないようにするのが賢明です。だれかの生命維持装置を意図的に故障させたり、飲料水に毒物を混入させたりといった攻撃的、破壊的行動を見張ります。そしてみつけたら医療システムに通知して診察を受けさせ、場合によっては管理者に報告して配置転換してもらいます。医療システムが介入しても止められないなら、よそに問題を押しつけるわけです。とにかく実行にいたるまえに予防するのが肝心です。

(こう言うとまるで人間たちは殺しあいをするために契約しているようですが、実際にはヘイブラットン行きの船で乗りあわせた客たちとおなじです。弊機はその船で強化人間の警備コンサルタントのふりをしました。人間たちは契約労働への恐怖といらだちからいつも愚痴って喧嘩《けんか》をしていました。年季奉公契約による労働こそが諸悪の根源なのです)

統制モジュールをハックして以後の出来事はすべてアーカイブに保存しています。しかしこの期間には残念ながら該当する経験があまりありません。かわりにあるのがミステリー分野のメディアを数千時間視聴した経験です。おかげで机上の知識は増えましたが、そのうち六十パーセントから七十パーセントは不正確な偽知識かもしれません。

とにかくメンサーが提案するように、この不審死がグレイクリス社によるステーション内での活動かどうかをあきらかにするには、警備局の捜査に協力するのが近道でしょう。

「協力します。ついてはメンサー博士の身辺警護を弊機の要求どおりに強化していただけますか?」

じつは以前から協議中の懸案事項でもありました。

インダーはまた奥歯をきりきりと噛んでいます(そのうち歯を痛めないか心配です)。

「もちろんだ。殺人犯がステーション内をうろついている現状では、議会とメンサー博士もふくめてすべての警戒レベルを上げる。言われるまでもない」

おや、それはよいことです。〝適切にはほど遠い〟だった警備レベルが、〝適切まであと一歩〟に上昇するでしょう。表情は変えませんでした。顔にあらわさないほうがインダーは腹を立てると知っているからです。

メンサーは、〝あなたたちはおたがいを怒らせようとしているけど、いちばん怒っているのはこちらよ〟という感じで咳払《せきばら》いをしました。

「雇用契約は当然用意されるのね」

インダーは無表情に答えました。

「用意します。だからあの怖い弁護士をよこす必要はありませんよ」

〝怖い弁護士〟とはもちろんピン・リーのことです。企業リムの契約法を熟知している点でプリザベーションで比肩する者のない彼女は、弁護士の戦闘ユニット版といえます。

プリザベーション市民の雇用契約はきわめて簡素です。雇用者保護に関する項目のほとんどが惑星法典そのものに組みこまれているおかげです（たとえば人間も強化人間も、労働や身体の自己決定権を恒久的に放棄する契約は結べません。単純に違法だからです）。

しかし弊機は市民ではなく、また厳密には人間ですらないので話は複雑です。ピン・リーが結んだ契約では、弊機は不本意なことをやる必要はなく、労働の対価として通貨カードを得ることが保証されています（プリザベーション評議会に恒久的難民資格を認めさせる手段として弊機の就職が検討されたとき、当事者でありながらそれがどんな契約になるのかよくわかっていませんでした（元弊社の契約は賃貸契約で、弊機はたんなる備品扱いでした）。

ピン・リーは次のように約束しました）。

（「だいじょうぶ。ふらっと旅に出たくなったらいつでも不愉快千万な態度で出ていけるようにしておいてやる」）

（「不愉快千万はおたがいさまです」）

（弊機が言い返すと、メンサーが頭をかかえました）

(「やめなさい、二人とも。子どもの喧嘩の仲裁ならわたしは次の自宅通話でやらなくてはいけないのよ。いまからその忍耐力を消費させないで」)

この不審死がメンサーへの脅威のあらわれでないことを確認するためにも、やるならさっさとはじめたいものです。ダウンロードずみの連続ドラマもたくさんあって忙しいのです。

「ではいまから死んだ人間を調べてもいいですか?」

インダーはげんなりした表情になりました。

「頼むから、捜査中は被害者のことを〝死亡者〟とか、せめて〝ガイシャ〟と呼んでくれないか」

そして返事を待たずに背をむけて去りました。

そのためメンサーが弊機を見て声を出さずに〝やめなさい〟と言ったところは見ませんでした(どうやらフィードは全種類のコミュニケーションにふさわしいわけではなく、とりわけ険しい顔をしたいときは使われないようです)。

## 2

プリザベーション・ステーション警備局は最初から弊機のステーション滞在に反対していました。いえ、正確にいうと、弊機についてなにも知らなかったそもそもの初めは、とくに問題視していませんでした。トランローリンハイファ・ステーションからメンサー博士を救出した警備コンサルタントで、負傷して難民資格を申請中と思われていました。僻遠の企業施設に閉じこめられた労働者でなければ、一般人は警備ユニットをじかに見たことがありません。見たことがあるのはメディアに登場する警備ユニットで、それらはつねにアーマーを装着しています。

しかしメンサー博士はプリザベーション評議会で真実を話しました（いやまったく、どうしてだか弊機にもわかりません）。そのあとステーション警備局でも説明を求められて話しました（インダー上級局員も、ほかの上級警備局員らにまじって、このいわゆる〝見ろよ、あれが暴走警備ユニットだぜ〟会議に出席していました。居並ぶ人々の表情は険悪でした）。

会議は紛糾しました。警備局はとにかく「そいつがステーションのシステムを乗っ取って人々を皆殺しにしたら」の一点張り。対してピン・リーは、「そんなことをやるつもりなら、とっくにやっている」と応じました。あとから考えるとよい答え方ではなかったようです。

そのあとメンサーとピン・リーと弊機は、インダー上級局員と内々に協議しました。

最初に人間たちが上品な意見交換をした段階で、インダーが弊機排除の意志を固めていることがはっきりしました。状況を〝評価〟するあいだ、弊機をどこか遠くへ、たとえば惑星の辺鄙《へんぴ》な場所などに隔離することをメンサーに求めました。

これには少々唖然《あぜん》としました。そもそも危険な提案です。グレイクリス社が報復にあらわれる可能性について脅威評価は高止まりしていて、弊機はメンサーの身辺から離れるわけにいきません。弊機は惑星が嫌いですが、メンサーが惑星に下りるなら同行します（本当に惑星は嫌いです）。クソみたいな惑星に弊機だけが下りて、メンサーを死地に残し、ステーションをグレイクリス社の魔の手にゆだねるなど言語道断です。

ピン・リーもあっけにとられているようすでした。まずメンサーを横目で見て、それからこちらにフィードのメッセージをよこしました。

〈せめて悲しそうな顔をしなよ〉

もちろん、これにしたがうつもりはありません。

メンサーはすこしも動じず、落ち着いて言いました。

「いいえ。それには応じられないわ」

インダーは口をへの字に曲げました。企業リムから帰着したときにメンサーが弊機の正体を話さなかったことを怒っているのでしょう（弊機はまだインダーを怒らせることをしていないので、そのはずです）。インダーは言いました。

「危険な兵器を使い慣れているつもりでしょうが、暴発しないとはかぎらないのですよ。周囲を巻き添えにするかもしれない」

おや、そうですか。この程度では気分を害したりしません。いいえ全然。慣れています。いつものことです。

メンサーは慣れていません。目を細め、首を軽くかしげ、口もとを微妙に動かして、それによって礼節をわきまえた惑星指導者の〝ご意見拝聴〟の微笑《ほほえ》みから、べつの表情に変わりました（もし弊機がそんな目で見られたら、視線をはずしてあわてて部屋から逃げ出すでしょう）（まあ、そこまでしないとしても、ひとまず発言をやめるでしょう）。室温が急低下するような声でメンサーは言いました。

「ものではなく人格があるのよ」

メンサーは緊迫した場面になるほど冷静になり、怒っているようには見えなくなります。

インダーはわずかに表情を変え、地雷を踏んだことに気づいたようです。

ピン・リーは口の端にわずかな笑みを浮かべています。そのフィード活動を見ると、ステーションのデータベースにアクセスして、文書を自分のストレージにダウンロードしています。人間なのでその操作は遅々としていますが（まるで苔《こけ》の生長を見ているようです）、収集しているのはプリザベーションの初期憲章や基本的人権のリストだとわかりました。公職任免についての法規も調べています。公職、つまり上級警備局員の職です。

ああ、インダーは本当に大きな地雷を踏んでしまいました。ピン・リーはメンサーの指導力で評議会を動かし、インダーの罷免《ひめん》を決議させるつもりです。

（罷免といってもプリザベーションではさほど悲惨な境遇にはならないことを、そのときには理解していました。企業リムとちがって殺害、餓死などにはなりません）

インダーがなにか言おうと息を吸うのを見て、メンサーは抑揚のない声で言いました。

「よけいなことは言わないほうが身のためよ」

インダーはなにも言わずに息を吐きました。

メンサーは続けました。

「さっきの発言は聞かなかったことにして――」

ピン・リーが軽く抗議の意をしめす息を漏らしました。メンサーは言葉を止めて、無表情な視線をむけました。するとピン・リーは了解したらしく、ため息をついて文書検索を打ち切りました。メンサーはインダーにむきなおって続けました。

「――この仕事上の協力関係も維持したいと思っているわ。そのためにはおたがいに理性的になって、性急で感情的な反応は控えたほうが賢明ね」

インダーは表情を抑えながらも、安堵《あんど》しているようです。

「失礼しました」と謝りつつも、屈しません。「しかし懸念は消えません」

このように弊機をめぐって多くの交渉がおこなわれました(たいへん愉快な時間でした)。その結果、弊機は二つの禁則に同意させられました。

その第一は、非公開のシステムにアクセスせず、ほかのボットやドローンなどをハッキングしないという約束です。これは弊機にとっても警備局にとっても、それぞれまったく異なる理由からきわめて不愉快な妥協でした。

そもそもステーションの非公開システムはさして立派なものではありません。プリザベーションには基本的に監視システムがなく、カメラが設置されているのはせいぜい重要な機関区や保安上のチェックポイントくらいです。こんないいかげんで退屈なシステムにだれがアクセスしたがるでしょうか。グレイクリス社がやってきてステーションが火だるまになっても弊機の責任ではありません。

いや、まあ、多少は弊機の責任もあるでしょう。とはいえ徒手空拳です。

このように弊機と警備局がいわば不穏な休戦状態にあるときに、ステーションのモールで死んだ人間が発見されたという連絡をメンサーが受けました。

（デスクに両手をついて、メンサーは言いました）

（「これがそうなのかしら」）

（長らく警戒していたグレイクリス社の襲撃かという意味です。しかし監視システムにアクセスできない弊機は無力です）

（「どうでしょうか」）

（メンサーは複雑な苦笑いを浮かべました）

（「そうであることをむしろ願うわ。おびえて暮らす日々が終わるのなら」）

その死んだ人間をいま見下ろしています。

トゥラル技術員がもどってきました。同僚の二人の技術員は横断バイパスに残り、フィード経由での分析や不器用なデータベース検索をしています。メンサーは評議会のオフィスにもどりました。二人の秘書とドローンの専任部隊が随伴しています。通路には監視カメラが一つもありません（あるなら、この死んだ人間（おっと失礼、〝死亡者〟）を現場に残した犯人もすぐわかるはずです)。そこで偵察ドローンを臨時に配置して自前の監視カメラ網を築きました(システムをハッキングするのは禁則事項。しかし自前のシステムを構築するなとは言われていません)。

「身許情報はまだ報告がありません」

トゥラルに言われて、インダーは不満顔です。

「まずは身許だ」

「DNA検査の結果は、データベースのだれとも一致しませんでした。つまり被害者はプリザベーションの惑星住民の約八十五パーセントとは無関係ということです」

インダーはあきれてトゥラルを見ました。弊機もドローンで見ました。それでなにかわかったことになるのでしょうか。

トゥラルは咳払いをして無理に進めました。

「というわけで、ボディスキャンを待たなくてはいけません」

プリザベーション連合でDNA採取は任意とされ、到着する旅行者からもサンプルは採取されません。DNAによる身許確認は抜け道が多いので、知るかぎり企業リムのほとんどの場所では確実な身許確認手段とはみなされません。完全ボディスキャンのほうが正確です。といっても、それもごまかす手段がないわけではありません。最大の例が弊機です。

インダーはこちらを見ました。〝実力拝見〟と言いたげな挑戦的な目つき。しかし弊機の実力をすべて見たくはないはずなので、トゥラルにこれだけ質問しました。

「検死はしましたか？」

「もちろん」

トゥラルはとくにへんな顔はしなかったので、正しい用語だったようです。〝検死〟はメディアの架空設定ではないと頭にメモしました。トゥラルは続けました。

「レポートができたら送るよ」

検死ずみとは残念です。ドラマではない本物の検死を見たかったのに。

「生データのファイルはありますか？　読ませてください」

トゥラルから横目で見られて、インダー上級局員は肩をすくめました。トゥラルからフィードでデータファイルが送られ、それを手早く分析ルーチンにかけました。ジャンクションには接触ＤＮＡ痕跡が多数残されています。往来する人間たちがさまざまなものにさわるせいです（人間は本当にあちこちべたべたとさわりたがりますが、やめてほしいものです）。しかしこの死体における接触ＤＮＡの有無を見ると、意外な事実が浮かんできました。

「犯人は襲撃後になんらかの清掃フィールドを使っていますね」

インダーはちょうどむこうをむいて部下の局員になにか言っているところでしたが、すぐにむきなおりました。トゥラルも驚いた顔です。

「データからそんなことがわかるのかい？」

　まあ、わかります。生データを処理して関連性を導き出すのは元弊社の専門技能で、そのためのコードはストレージに残しています。

「死亡者の衣服に付着した接触ＤＮＡが不自然に消えています」

　比較参照ファイルには死亡者本人、第一発見者二人、駆けつけた救急隊員らのサンプルが記載されています。あとの二つのグループのサンプルは死亡者の衣服に付着していて、これは想定どおりです。ところが死亡者本人のサンプルがついていません。まるでリサイクル装置や滅菌装置から出てきたばかりのように清潔な服なのです。つまり……そういうことです。

　分析結果を人間に可読な形式に変換してトゥラルとインダーに送り返しました。

　トゥラルはまばたきし、インダーは目の焦点を遠くへやって読みはじめました。

　どうせ時間がかかるので、そのあいだに死体にかがみこみ、外見からわかる外傷を調べました（ほかにもあるかもしれないので、これが死因とはかぎりません。検死スイートをそなえた医療システムで調べるまでは断定できません）。

　傷は後部頭蓋底にありました。外見から判断できるのは、入り口から奥は深く、出口はないこと。焦げあとはないこと。そして本来ならもっと多くの血液や脳内の液体がこぼれていてしかるべきであることです。

「これが死因だとしたら、この死亡者が殺されたのはここではありません」

「それはわかっている」

インダーはそっけなく答えて、横目でトゥラルを見ました。

「接触DNAを除去できる清掃ツールを調べろ。ステーション内で入手可能で、とくにポケットやバッグに隠せるほど小さいものだ」

そういう検索作業が得意な警備ユニットがそばにいるのに、信用されないのは残念です。意地悪く言ってやりました。

「ステーションの外から持ちこまれた可能性もあるでしょう」

インダーは無視しました。トゥラルはその可能性をフィードでメモしてから、言いました。

「接触DNAはともかく、この衣服そのものからもなにかわかりそうです。特徴的ですから」

そう考えたくなるのも無理はありません。死亡者は幅広のパンツと膝丈のシャツの上から、やはり膝丈のオープンコートをはおっています。人間の衣服としてとりたててめずらしくはありませんが、色と模様が派手です。いかにも出身惑星や星系、ないしは最近の訪問地を知る手がかりになりそうです。しかし実際には期待できないでしょう。

「そうとはかぎりません。企業リムのステーションでは、モールの自動店舗でこういう服を簡単に入手できます。追加料金で色を選べますし、模様も好きにデザインできます」

弊機の暗色のパンツ、シャツ、ジャケット、ブーツもそうやって仕立てたものです。プリザベーション・ステーションのモールにその店舗がないことを知って不愉快になりました。ステーションで入手できる服はほとんどが惑星産です。地上では手づくりの服や織物が一般的で、リサイクル装置製品は入手困難です（プリザベーションは本当に奇妙なところです）。

「それは知らなかった」

トゥラルは驚き、スキャナーを手にかがみこみました。死亡者のコートから微量のサンプルを採取しています。

インダーの眉間のしわが深くなりました。

「つまり、出身地の文化を反映した服かもしれないし、よそのステーションや星系で人ごみにまぎれるために選んだ服かもしれないわけだな。ただの気まぐれなファッションでもおかしくない」

こちらが悪いような目で見ないでください。不愉快な事実を教えただけです。

トゥラルは布地の分析結果を見ました。

「たしかにそうだな。リサイクル装置製の布だ。やはりそういう店で入手したのか」

「あるいは船かもしれません」二人ともこちらを見たので、説明しました。「一部の船は高性能のリサイクル装置を装備しています」

インダーは口をへの字に結びました。まあ、絞りこみに協力できていないのはたしかですが、まずはあらゆる可能性を検討すべきでしょう。

「ほかに衣服からわかることはあるか？」

インダーは問いました。もちろんあります。

「死亡者は目立つことを恐れていなかった、あるいは、目立つことを恐れていないと思わせたかったのでしょう。一見して訪問者とわかる格好です」

惑星出身の人間はさまざまな服装をしますが、ステーションで多いのはワークパンツやカジュアルなパンツ、短いジャケット、さまざまな丈のシャツやチュニックです。フォーマルな場では丈の長いローブやカフタンを着ます。色は単色でへりに模様がはいる程度。このような明るい多色の模様はめずらしいので目立ちます。

「人目を惹《ひ》かずにステーションの中継リングを移動したい場合は、二通りの方法があります。一つは背景にまぎれること。人ごみがあれば簡単です。二つめは、逆に目立つ格好をすること。人目を恐れていない態度をとるわけです」

弊機がやっても成功しないでしょう。しかし本物の人間で、本物の人間のボディランゲージが使え、腕に仕込んだエネルギー銃が武器スキャナーにひっかかる恐れがなければ、やれます。

「服や外見を次々に変えられることが重要です。いつでもよそ者に見せなくてはいけません」

自動店舗がいくつもある大規模ステーションでは簡単です。

困り顔だったトゥラルは、考えこむ表情になりました。インダーさえ思案顔です。トゥラルは言いました。

「肌や髪の色を最近変えた可能性も医学的に調べたほうがいいな」

インダーは死体を見下ろしました。

「たしかに、この人物が歩道を歩いていたら、ごく普通の旅行者だと判断して、それっきり忘れるだろうな」

やれやれ。これだからメンサーの身辺警護は弊機がやらなくてはいけないのです。

「旅行用のバッグも探さなくてはいけません」

瑣末《さまつ》なようでも重要です。この派手な服装が偽装だとすれば、旅行用の荷物も持っていたはずです。バッグがあれば移動中に見えてそれらしくなります。ドローンが集めたジャンクション周辺エリアの映像を見ましたが、放置されたバッグは見あたりません。

「旅行者らしく見えるのが目的なら、かならずバッグを持っていたはずです」

「探すのは簡単だ」インダーは退《さ》がって通話回線にむけて指示しました。「付近のエリアを捜索して、ステーション全体の遺失物届け所も確認しろ。旅行用のバッグらしいものを探せ」

そのあとフィードを聞いてから言いました。

「検死チームが来るぞ。わたしたちはじゃまだ」

「壊れたインターフェースを拾い集めて分析にかけてもいいでしょうか。現場の状況はスキャンして位置もマッピングしました」

トゥラルが言うと、インダーはうなずきました。

「そうしろ」

しかしトゥラルはそこでためらい、横目でこちらを見ました。そこでインダーが弊機に言いました。

「ひとまず用はすんだ。必要なときは連絡する」

〝うせろ〟と言われたようなので、うせました。

# 3

ステーションの警備コンサルタントとしての初仕事は、このようにうわべだけで終わりました。驚くにはあたりません。警備局は弊機を求めていないのです。メンサーからなにか言われたくらいで急に考えをあらためたりしません。

ステーションの非公開システムにアクセスしないことが禁則の第一でした。第二は、身許情報を隠すなというものでした。べつにわざと隠しているわけではありません。メンサーの秘書、家族、評議会の人々は弊機のことを知っています。問題は弊機のことを知らないか、メンサーの警備コンサルタントだと思っているステーションの一般の人々です。ステーション警備局は弊機に公開フィードIDを設定するように要求してきました。そこから公共安全注意情報を発信させ、勝手に行動している警備ユニットであることをステーション職員や居住者に知らせるようにしたかったのです。

公共安全注意情報はメンサーが即座に拒否しました。しかしメンサーとのべつのくだらない会議の一つで、彼女はこう質問しました。

「そのフィードIDに具体的になにを書けと?」

弊機は運用信頼性が一・二パーセント低下しました。ピン・リーのフィードをタップしてこう送りました。

〈そんなものを設定しなくてすむように法律でなんとかしてください〉

〈メンサーとしてもなんらかの譲歩が必要なんだよ〉

ピン・リーはそう答えてから、メンサーには次のように送りました。

〈警備ユニットはフィードIDを設定したくないってよ〉

人間と強化人間はフィードIDを無効に設定できます。ドラマで得た知識によれば、これを無効にする意味は政体とステーションと地域によって異なります。プリザベーションでは、〝干渉しないでほしい〟という意味です。ぴったりです。さらに弊機はシステムをハッキングしないと約束しています。これ以上なにを求めるのでしょうか。

インダーは言いました。

「フィードIDはあたりまえに公開する情報だけですよ。名前、性別……」

そこで言いよどみ、弊機を見ました。こちらも見つめ返しました。

そこでピン・リーが指摘しました。

「フィードＩＤの開示は一般的には任意ですよね。合意にもとづくともいえる」

インダーは弊機から目をそらしてピン・リーをにらみました。

「名前を知りたいだけだ」

名前はあります。しかし秘密です。

ピン・リーは秘匿フィード接続でメンサーに言いました。

〈そりゃ大騒動になるよ。ステーションの住民たちが〝殺人《マーダー》ボット〟なんて名前のやつと遭遇しはじめたら――〉

それも秘密にしている理由の一つです。

メンサーがインダーに言いました。

「同意は難しいわね」

インダーは困ったという身ぶりでこちらをしめしました。

「はっきりいって、なにが問題だかわかりませんね。名前もわからないのではいったいどう呼べと」

理不尽な要求ではあるまいという態度です。しかしその理屈の根本には、弊機を信用していないことがあります。弊機と接触するあらゆる人間と強化人間に警告したいのです。弊機がいつか大量殺人をはじめると思っていて、そのときあらかじめフィードＩＤで警戒させておけば、たとえば撃たれる被害者を減らせるとか、そんな効果があると考えているのです。

メンサーは唇を結んでこちらを見ました。

〈なぜ問題なのか、あなたから説明できる？〉

ちょっと無理です。人間たちの視点からなぜこれが瑣末な問題に見えるのかわかりません。むしろ重要なのはこんな会議をさっさと終わらせることです。自分たちの大事なステーションに弊機はいてほしくないという話をいつまでも聞かされたくありません。

名前、名前というなら、神経インターフェースに固定的に書きこまれたローカルのフィードアドレスがあります。本名ではありませんが、システムが弊機を呼び出すときはこれを使います。これを名前として提示したら、出会う人間や強化人間はこちらをボットだと思うでしょう。またリンという名前もあります。気にいっていますし、企業リムの何人かはこれが本名だと思っています。これを名のればステーションの人間たちは弊機の正体をめぐってあれこれ言わなくなるでしょう。クローン製造された人間由来の組織と強化部品でできていて、不安と憂鬱とやりばのない怒りをかかえ、賃貸した人間にとっては殺戮《さつりく》機械であり、失敗を犯せば統制モジュールに脳を焼かれる……そんな構成機体です。

フィードＩＤに〝名前：警備ユニット、性別：該当なし〟とだけ書きこみ、その他の情報はなしで提示しました。

インダーはまばたきしました。

「まあ、これでいいだろう」

会議終了。ピン・リーとメンサーはその内容についてなにも言いませんでした。ただしピン・リーは足音荒く去って、人間の友人たちと酩酊性嗜好品を飲みにいきました。メンサーは惑星にいる配偶者のファライとタノと通話して、人類の未来は暗いので、子どもたちと、兄弟姉妹の子どもたちと、さまざまな親類縁者を引き連れて未開の大陸のテラフォーム区域に引っ越し、掘っ建て小屋に住んで開墾生活をはじめたいという話をしました。

（楽しそうには思えませんが、弊機は対応可能です。グレイクリス社の魔の手からメンサーを守るのは大幅に楽になるでしょう。しかしファライとタノはその案に難色をしめしました）

二サイクル日後に、ステーションのニューストリームに弊機の写真が投稿されました。かつて企業リムのニュースフィードで大きな話題になった暴走警備ユニットだと特定する内容でした。

ステーションの監視カメラはごく少数で、そこに映ったぶんも、ハッキング禁止に同意する以前に操作して削除していました。今回出てきた写真はべつのソースからで、おそらく強化人間のフィードカメラでしょう。記憶修復を終えて、プリザベーション評議会大議事堂でおこなわれたグレイクリス社についての公聴会に出席した直後に撮られたものです。メンサーが評議会オフィスを出て階段を下りるところで、弊機はそのうしろにしたがい、ピン・リーとバーラドワジ博士が左右にいます。全員が横をむいて、それぞれに驚きあきれた表情を浮かべています（記者の一人が、グレイクリス社の代理人は公聴会に出席するのかと評議会の広報官に質問したところでした）（あまりにばかげた質問だったので無表情でいられませんでした）。

ニューストリームに写真を投稿したのは、インダー上級局員やほかの警備局員ではないことになっています。おや、そうですか。

メンサーはそのあと、怒り心頭に発しながらも平静をよそおって、小型偵察ドローン二箱分を弊機にくれました（抗議するインダーには医療目的だとメンサーは説明しました。弊機がまわりと円滑に交流し、意思疎通するために必要不可欠という理屈です）。

実際にはメンサーはもっとまえからドローンを注文していました。トランローリンハイファでの事件後に心的外傷《トラウマ》治療や救出顧客プロトコルを受けていないことを弊機から指摘されたくなくて、口をつぐませるためのある種の賄賂《わいろ》といえます。インダーはもちろんそんな事情を知りません。ドローンを買いあたえたのは（目障りな暴走警備ユニットに偵察ドローンなどを持たせたのは）、メンサー流のいやがらせだと受けとりました。

たぶんそれもあるでしょう。弊機の買収とインダーへのいやがらせの一石二鳥です。

弊機の仕事は、グレイクリス社の暗殺者を警戒することと、プリザベーション連合から弊機を追い出そうとする警備局の野望をくじくことのほかに、もう一つあります。バーラドワジ博士が構成機体のドキュメンタリーを制作するための下調べに協力することで、これまで五回オフィスを訪れて面談しました。今後も定期的に会うことになっています。

(バーラドワジ博士は人間のなかでも話しやすい相手です。一回目の訪問はニューストリームに写真が流出した直後で、人間や強化人間はなぜ構成機体を怖がるのかと話しあいました。そんな話をするつもりはなかったのですが、自然とその話題になりました。博士は大衆の恐怖心は理解できるし、自分もかつてはそれなりにおなじ気持ちを持っていたとのことです。考えを変えたのは、異星で巨大な敵性生物に食い殺されそうになったところを弊機が救ったからです。そこでほかの人間たちに、異星の危険動物の口でいっしょにかじられるという共通体験なしで(実際の言いまわしは異なりますが、大意はそういうことです)、共通の理解に到達してもらうにはどうしたらいいかと彼女は考えました)

(二回目はこちらから訴えました。弊機が強化人間やロボットのふりをせずにありのままの自分としてプリザベーション・ステーションに滞在するのは、とても面倒で不愉快なことが多くてやっていられないと話しました。すると博士は、面倒で不愉快なのは当然だ、なぜなら弊機がおかれた状況は客観的に見て面倒で不愉快そうだからと答えてくれました。そう言

われてなぜか気が楽になりました）

ラッティが調査レポートのためにやっているデータ分析にも協力しています。ほかの調査員の調査も手伝って仕事にすればいいと言われました。やれなくはないでしょう。しかし、一カ所で立って動けずに壁を見つめていた昔の仕事とおなじくらいに退屈そうです。ラッティとなら退屈しません。ほかの調査員もラッティのようにレポートの完成をよろこび、ライブパフォーマンスを観にステーションの劇場へ連れていってくれるならいいのですが、望み薄です。

とにかくいまは脅威評価のために情報が必要であり、そのためには、この死んだ人間を死なせたのがグレイクリス社かどうかをはっきりさせなくてはいけません。そうしないとこのプリザベーションのだめなステーションでの退屈な日常にもどれません。

メンサーは評議会オフィスにもどっているのをドローンで確認ずみです（偵察ドローンの複数の専任部隊に十七秒ごとに巡回点検させています）。ステーションに多少なりともましな監視システムがあれば、あるいはせめて中継リングに設置されている少数の監視カメラにアクセスできれば、今回の死んだ人間の映像を探せるはずです。到着時のタイムスタンプがわかれば、港湾管理局の入境記録と照合できます。警備局が医務員にボディスキャンをやらせるより早く結論を出せるでしょう。

ありていにいえば、この死んだ人間がグレイクリス社の工作員とはとても思えません。なにしろだれかに殺されているのです。知るかぎり、現在このステーションでグレイクリス社の工作員を殺せるのは弊機だけです。

それにしても、〝知るかぎり〟というのはいやな言いまわしです。こちらの知らない部分が多いと認めているからです。それでもこの言いまわしを使いつづけるでしょう。そして使うたびにいやな気分になるでしょう。

知らないという意味では、この死んだ人間がグレイクリス社の活動とまったく無関係かどうかもわかりません。ライバル企業や、場合によっては元弊社から、グレイクリス社の活動を見張るために送りこまれた可能性もあります。そしてグレイクリス社の本物の工作員によって返り討ちにあったのかも。

まあ、企業スパイがグレイクリス社のスパイに殺されたという仮説は、机上では考えられても、それが真実である証拠はなにひとつありません。それでも変則的な活動に注意することは警備態勢の穴をみつけることにつながります。プリザベーションのように殺人事件と縁遠いステーションで起きた殺人事件は、なおさら変則的です。

この死んだ人間がだれかべつの人間を訪問しにきたのでないかぎり、宿泊場所があるはずですし、そこに荷物をおいているはずです。人間はかならず荷物を持ちます。無一物で旅行する人間は見たことがありません。

　宇宙港付近には短期滞在のための大きな居住区があります。一時滞在者はたいていなにかを待っています。船の到着待ちや、惑星への降下や星系内のほかの目的地への移動許可待ち、あるいは長期的居住者になるための承認待ちなど、理由はさまざまです。

　企業リムで弊機が立ち寄ったことのある大規模なハブステーションにくらべると、プリザベーション・ステーションの一時滞在者は多くありません。ここへ来る人間の多くはプリザベーション連合のいずれかの惑星へ行って恒久的な居住や就職をするのが目的です。企業リムの外から来てプリザベーションを中継地として利用する人々や、貨物船でやってくる貿易業者や独立商人もいます。ときどきですが中継ネットワークに属さない場所からの訪問客もいます。いわゆる失われたコロニーや、中継ステーションと提携していない独立集団や、失われたステーションなどからです。企業リムの企業がおいた支店などはないので、企業人が営業目的で訪れる理由はありません。たまに来ても、基本的に彼らは企業リムの外へ出ることを恐れています（リムの外に出ると盗賊に取って食われると思っています）。

　この居住区以外にも宿泊できる場所はあり、長期居住者用のホテルがそうです。ラッティやその友人たちは恒久的な住居をステーションに持たないため、ここに部屋をとっています。弊機もいまはいちおうそこに住んでいます。監視カメラはやはりばかげて少なく、そのシステムには……すくなくとも許可なしではアクセスできません。

しかし必要なデータを得る手段はほかにもあります。


まず一時滞在者用の居住区へ行きました。当面の仮説どおり、死んだ人間が最近の訪問者なら統計的に見てそこに泊まっていたと考えられるからです。

エントランスの外で立ち止まりました。椅子とテーブルが並んだ談話エリアがあり、大きな丸い植物バイオームにかこまれています。これは装飾であると同時に、もし地表に下りるなら手をふれてはいけないものを教える情報展示にもなっています（よいことです。人間が危険物にさわらないようにすることが弊機の本来の仕事です）。ホテルの案内フィードを読んでいるふりをできる位置に立ち、確認《ピン》を打ちました。

一・二秒後に（沈黙は驚いたせいでしょう）応答がありました。これを受けてエントランスからロビーにはいりました。

ロビーは天井が高くて丸い空間です。宿泊登録用のブースがあり、その先に何本もの廊下が客室エリアへ延びています。あるアーチ状の入り口の奥の部屋には、宿泊者用の食品が冷蔵容器にはいって棚にずらりと並んでいます（実際には、宿泊者でない人間や強化人間が立ち寄って消費してもかまいません。プリザベーション連合は奇妙なところで、食事、医療などの人間の生存に不可欠なものは無料で、場所を問わずに提供されています)。

その室内にはボットがいて、浮上カートから食品を補充しています。ボットはおおまかに人型ですが、機能優先の六本腕。頭は平たい円盤で、回転し、高く伸ばして周囲をスキャンできます。それをくるりとまわして、ロビーを歩く弊機を〝観察〟しました。これは人間を不安にさせないために意図的につくりこまれた行動です(そんなことをしなくても、ボットの目であるセンサーは全身のあちこちについています)(人間を安心させるためだけにボットがやる行動を、弊機が不快に感じるのはなぜでしょうか)(いや、まあ、弊機も似たようなことをやります。しょせんは人間につくられたのですから。しかし人間はこのようなボットがどうやって視覚データを取得しているか知っているはずです。センサーやスキャナーの位置は人間が設計したもので、勝手にはえてはこないのですから)。

これはしばしば話題になるプリザベーションの〝自由ボット〟です。彼らには万一の場合の責任を負う〝後見人〟(つまり所有者)がいますが、職業選択の自由もあります(職につかずに毎日メディアを観てすごすボットはいるのでしょうか。わかりません。機会があればやってみたいと思いますが、きっととても退屈で、非自発的シャットダウンにおちいりそうです)。

ボットは呼びかけてきました。

「こんにちは、警備ユニット。ご用はなんですか?」

ああ、はいはい。よけいな挨拶です。

「人間のように話しかける必要はありませんよ」

ピンを打って得られた情報では、企業リムのボットとは異なるプロトコルで動いています。おそらく生産地が異なるのでしょう。使われている言語モジュールを特定し、アーカイブのストレージから引き出してロードして、フィード接続しました。挨拶を送ると、ボットは送り返してきました。

〈問い?〉

用件を訊いてきたので、こう返しました。

〈問い:身許〉

そして死んだ人間の映像を添付して送りました。

死んでいない人間がロビーにはいってきました。宿泊施設の管理者の一人です。足を止め、こちらを見て言いました。

「だいじょうぶかい、テラス?」

(このボットの名前はテラスです。自由ボットは自分で自分に名前をつけます。そのことを聞くとうんざりした気分になります)

テラスが答えました。

「対話中です」

管理者は眉をひそめました。

「手助けがいるかな？」

テラスは腕を三本使ってカートの食品容器を次々と下ろしており、手助けとは弊機への対応のことです。

「不要です」

管理人はしばしためらってから、うなずき、そのまま廊下の一本へ歩いていきました。弊機がこのボットになにをするつもりかと心配したのでしょうか。ハッキングのしかたを教えるとでも？　このボットは構成機体とちがって統制モジュールを持っておらず、行動の自由はいちおうあるのです。

真の問題に気づいていないわけではありません。弊機はボットではなく、人間でもない。明確な分類にあてはまりません。また保護されるのもいやです（ボットと後見人の制度には保護欲旺盛な人間がむらがっているように思えます）。

ボットは会話を再開しました。

〈問い？〉

ボットはすでに画像アーカイブを検索しているようなので、答えるかわりに、メンサーがステーション警備局から受けとった事件発生の通知のコピーを送りました。

ボットは驚きと困惑をしめす音声を鳴らしました。これも人間の反応を模倣しています。またいらいらしかけたところに、検索結果が出ました。死んだ人間がまだ生きて元気に歩いている画像。宿泊施設のドアを開けていずれかの廊下に出てくるところです。

ふむ、あたりです。

〈問い：客室？〉

するとボットは返してきました。

〈問い：ＩＤ？〉

つまり、死んだ人間のＩＤか、すくなくとも使っていたＩＤがわからないと、使用した客室はわからないということです。

〈ＩＤ不明〉べつの方法でやるしかありません。〈問い：客室＋目標の廊下＝使用中＋宿泊者不在＋目標の時間〉

ボットはふたたび検索して、三十六件の結果を提示しました。宿泊者に割りあてずみながら、現時点で宿泊者が不在で、死んだ人間の死亡推定時刻よりまえに外出したとわかっている部屋です。ボットはさらに送ってきました。

〈入室名目：不在中のメンテナンス検査許可、懸念：プライバシー、問い：物品検査？〉

ボットは宿泊者の不在中に客室にはいってメンテナンス上の問題を調べる権限を持っています。そのさいに同行してかまわないが、目的のものを明かすことと、それがプライバシー侵害でないことが条件というわけです。

できればみつけたいのはメモリークリップやその他のデータ保管デバイスです。隠された状態でみつかれば完璧。しかし身許特定のために必要なものはこれです。

〈服〉

〈了解〉

ボットは答えて、腕をすべて折りたたみ、目標の廊下へ移動しはじめました。

宿泊者が外出中の客室を十七室調べました。弊機にはどこもふれさせませんが、衣服の保管箱をあけてくれたので、ベッドや机の上に放置されていたぶんにくわえてすべての所持品を確認できました。

そして十八番目の客室ではその必要さえありませんでした。整理整頓され、スカーフだけが椅子にかかっていました。死んだ人間のシャツとおなじ模様。色の組みあわせが異なるだけです。

偶然の可能性もあります。スタイルも模様も、いくつかの中継ステーションではごく一般的で安価です。画像とあわせても決定的な身許証拠とはいえません。しかしステーション警備局は決定的証拠とみなして、室内の捜索とDNA検査をやるでしょう。

簡単なレポートを作成して、スカーフの画像、客室の場所、スカーフについたフィードID（名前：ルトラン、性別：男性）、宿泊予定が二サイクル日である客室の使用記録を盛りこみました。さらに客室の捜索許諾をボットから得て添付し、インダー上級局員とトゥラル技術員あてとしてステーション警備局へ送りました（警備局へはこのようなメッセージをひんぱんに送っています。メンサーの身辺警護がきわめて不適切であることを指摘するものが大半です）。

メッセージのコピーをこのボットに送って、警備局が家宅捜索にきても驚かないようにしました。そして退出の合図を送りました。

ボットは廊下からロビーまでついてきました。ロビーには新しい人間の客が数人いて、宿泊登録ブースの使い方がわからないようすで立っています。ボットはそちらへ手助けしにいきながら、弊機に送ってきました。

〈問い：次の行動？〉

脅威評価を下すにはまだ情報不足です。メンサーの警護態勢の監視にもどるべきですが、これは官公庁近くのホテルにこもってメディアを観ながらやれます。警備局から呼び出されることはもうないでしょう（すくなくともこの事件ではないはずです。弊機を追い出す次の作戦を立案するのに忙しいでしょう）。警備局の捜査の進捗についてはメンサーの評議会チャンネルから情報を得られます。

ボットに対して、よけいな心配は無用とばかりに答えました。

〈任務完了〉

ドアから出ようとしたときに、ボットから言われました。

〈問い：到着データ〉

つまり、死んだ人間の履歴を中継リングの渡航者記録で調べないのかという指摘です。すぐには返事をしませんでした。自由ボット風情から意見されたくありません。そもそも警備局の許可なしに到着データにアクセスできない身です。だから知ったことではありません。

とはいえ、まあ、ほかの手段もあるなと思いいたりました。

〝自由〟ボットの意見が正しいと認めるのはしゃくですが、それでも中継リングへ行くべきでしょう。

企業リムの大規模なハブステーションにくらべると、プリザベーションの中継リングはささやかな施設です。それどころか中小規模のハブステーションより小ぢんまりとしています。旅客用の出発到着口は一カ所だけ。隣には発券ブースがあり、ドッキング中で客用寝室をそなえた船から空席を検索できます。ここととはべつに商用ドックの私有船や貨物専用船の乗組員が出入りする出発到着口があり、死んだルトランはそちらから来た可能性もあります。しかしとりあえずこの旅客到着口からあたるのが統計的に妥当でしょう。

中継リングの入り口ホールの脇には、プリザベーションらしく居心地のいい談話エリアがあります。椅子やソファに人間たちがすわって今後の予定を立てる場所です。床は陶片のモザイクで惑星産の動植物が描かれ、いずれも詳細な解説がフィードで出るようになっています。惑星の開拓初期に使われたシェルターの複製である円錐《えんすい》形の木製構造物が設置され、観光展示をかねた旅行者むけの情報ブースになっています。

植物バイオーム（投影された水の流れのなかに細長い植物が繁茂している大型のもの）の裏に椅子をみつけてすわりました。

死んだルトランが一時滞在施設で宿泊登録するさいに使ったID情報は、入境手続きでも使ったはずです。到着時に乗ってきた船を特定できれば重要なデータになります。衣服の製造技術からすると企業リムから来たと考えられ、それ以外の非法人政体やステーションではないでしょう。とはいえ確認は必要です。

やろうと思えば港湾管理局の一時滞在者到着システムをハッキングできます。しかしやらないと約束したのでやりません。そもそも警備局のトゥラル以下の技術員たちがまじめに弊機のレポートを読んだら真っ先に調べるはずなので、二度手間になります。

ただたんに情報を求めて最初に試した調査で成果があったので、もう一度やってみることにしました。

椅子に深く腰かけて、ドローンのセンサーで警戒線を張らせ、メンサー博士の身辺を巡回警備する専任部隊からの入力が正常であることを確認したのち、目を閉じてフィードに深くもぐりました。

フィードに接続した船はダウンロードばかりしているわけではなく（ダウンロードばかりでもなんら非はありません）、中継リングの発着予定や通知チャンネルにアクセスして最新情報を得ています。また船内の人間に域内フィードへのアクセスを提供してもいます。

中継リングのステーションフィードにつながった数百本の接続をえり分けていきました。人間、強化人間、ボット、操縦ボット、大小の港湾システム……。それらがからみあって忙しく仕事をこなしています。人間はあちこち気ままに移動しています。

こちらが探すのは、ほかの接続とは異なる特徴的なプロファイルを持つ船です。ドッキング中のハッチからハッチへ歩きながら通話回線で各船とじかに接触すれば簡単ですが、それでは弊機がなにかやっているのが見ためにあきらかです。やっている内容は人間にわからないとはいえ。

（弊機がなにをやっているのかわからない場合、人間はかならず実際よりとても悪い想像をします。こちらはただドックの船に通話回線を短時間つないで、無能な警備局のかわりに情報収集をしてやっているだけなのに）

一隻の船の接続をみつけてピンを打ちました。すぐに返ってきたピンには充分な識別情報がふくまれていました。旅客船で、目的地の母港は企業リムの外にある小さなハブステーション。貨物と旅客を乗せて非企業リムの政体五カ所を経由して母港へ帰る定期航路の途中で、プリザベーションに寄港しています。船は言葉を話しません（普通はそうです。ARTは話しますが、ARTはARTです）。こちらも質問ではなく、画像とコードでやりとりしました。この船の乗客記録にルトランの姿はなく、次の船に移動しました。

すぐに退屈になりました。それでも裏でメディアを観ながらというわけにもいかないのでうんざりします。プロセスをコードで自動化できるほど単純でもありません。船はそれぞれ能力ごとに反応が異なるのです。多数の入出力がからまったステーションのフィードから目的の接続をえり分けるのは、こちらとしても通常以上の繊細さを要求されます。ルトランが乗ってきた可能性はどの船にもあるのでデータ範囲での絞りこみはできません。到着後すぐに乗客に下船を要求しない船もあるので、ルトランがしばらく船室にとどまってから一時滞在施設の宿泊申し込みをした可能性もあります。それぞれの船の到着日はこのように接触して確認するしかありません。

死体が発見されて評議会が港湾閉鎖を宣言するまでに出港した船は三隻あり、求める船がそのうちの一隻なら万事休すです。

そしてなにも発見できなければひたすら時間の無駄……。

人間のような愚痴はやめましょう。ここは辛抱のしどころです。

入港中の船を五十七パーセントまで調べたとき、変則的な例にぶつかりました。船を接続からえり分けて挨拶のピンを打つと、挨拶のピンが返ってきました（これは普通ではありません。たとえ言語が異なっても、通常は返答のプロトコルにしたがいます）。船はピンの一部を読み取れなかったのか、それとも異なるプロトコルがあるのか（ありそうにない仮説です。企業リムの外から来てプリザベーションを通過する船は、さまざまなプロトコルを持ち、なかには人間の手で大幅に改変されたものもあります。しかしフィード接続の船籍標識によれば、この船の母港は企業リムにあります）。試しにもう一度ピンを打ちました。返ってきたピンはやはり挨拶のみ。いいでしょう、この船とじっくり話をしてみたくなりました。

公開フィード情報を調べると、この船は低レベルの無人自動貨物船で、副業として旅客を乗せています。プリザベーションは自給自足しているので、企業リムとのあいだの資源貿易はありません。しかし貿易をしている非法人政体とのあいだを往来する貨物船が寄港することはあります。この船と対話すると、ミルー星へ行って帰るときに利用した貨物船を思い出します。あの船は弊機を宇宙に放り出しこそしませんでしたが、救ったとも思っていないでしょう。ですから辛抱強くあたることが重要です。

最初の質問でルトランが乗客であることを船は認めました。ただし断定的ではなく、もしかしたらこちらが求める答えに調子をあわせているのかもしれません。いったんその話をおいて、基本的な質問をしました。運航経路はどうか。乗客は何人で、どこから乗ってどこへむかっているのか。

錯綜《さくそう》した積荷目録が送られてきました。

うーん、これは……普通ではありません。たんに通信系が故障した低レベル貨物船というわけではなさそうです。

自己診断を実行させてみると、五秒後に大量のエラーコードが返ってきました。

弊機は目を開き、椅子から立ち上がりました。談話エリアのむこう側でこちらの存在に気づいていなかった人間たちがぎょっとした顔になりました。ドローン群は警戒線を崩して集まり、弊機のあとにしたがって中継リングの入り口ゲートを通りました。

武器スキャナー（ハッキングは禁止なのでやりません）に警戒されました。しかし武器所持許可リストにこちらのボディスキャンIDが載っているので、警報は発しませんでした（エネルギー銃は両腕に仕込まれているのでホテルの部屋においてくるわけにいきません）（腕は取り外し式なので不可能ではありません。しかし長期的な対応としてはとても不便です）。武器スキャナーは弊機が来たことを警備局に通知するはずです。

乗下船フロアへの広い斜路を下りました。普段よりかなり閑散としていますが、歩いている人間や強化人間はまだいます。貨物ボットや整備ボットは港湾閉鎖前に命じられた業務のために移動しています。通行人の一部から視線をむけられましたが、弊機を知っているようすではありません。しかし斜路を下りきったところの案内エリアで立哨する警備局員は弊機を知っていて、ドッキングエリアへ歩いていくようすを目で追っていました。

（このように認識されるのは嫌いです。警備ユニットだとばれないようにさまざまな努力をしましたが、それらが無駄になったようです）（髪を伸ばしたりいろいろやりました）

問題の船は混乱していますが、接続したドックがわかるくらいの情報は取得できています。旅客用案内図で確認して、九分後には中継リングに接続した船の閉じたエアロック前に立ちました。ハッチに手をあててもう一度ピンを打ちます。じかに接続したおかげで、ステーションのフィード経由ではわからなかった船の緊急事態が感じられました。

返ってきたのはピンではなく、また新たな錯綜した積荷目録ファイルでした。前回のファイルでも船が助けを求めていることが伝わってきました。二回目はそのメッセージが強まります。船内にとてもまずいものがあるようです。それを残したものは、船が港湾管理局に助けを求められないように細工したのです。船は弊機についてなにも知らないものの、弊機が来たことに安堵しています。

なんとしても船内にはいらなくてはいけません。

同時に、警備局に足もとをすくわれるのはごめんです。乗下船フロアには監視カメラがあり、そこに映ったことはシステムにアクセスするまでもなくわかります。

メンサーは評議会のある会議に出席中と、ドローンの専任部隊が確認しています。ピン・リーのフィードをタップすると、彼女もべつの会議に出ています。その他の調査隊の人々は大半が惑星に下りています。バーラドワジ博士は里帰り中。アラダとオバースはファーストランディング大学で次の調査遠征を計画しています。ボレスクは隠居生活にはいりました。残るのは、問題をかかえた船に弊機が突入しようとしている現場になにをおいても駆けつけてくれそうな人間と、問題をかかえた船に弊機が突入しようとしている現場になにをおいても駆けつけて、そんなことはやめろと反対しそうな人間です。

その二人に連絡しました。

# 4

弊機が船のエアロックをあけようとしているのを見ながら、ラッティは言いました。

「警備局を呼んだほうがいいんじゃない？」

弊機は操作パネルをいじっています。船はこちらをいれたがっているのに、エアロックをあけられません。船内フィードから強制緊急開放を試みましたが、どの接続も働きませんでした。まるで壊れた小型ドローンが詰めこまれた大きなごみ箱から、まだ動くドローンを探すように困難です。

「いいえ。弊機の協力は無用だと言われたのです」

「本当に？」ラッティは疑わしげな表情です。「具体的になんて言ったの？」

記憶から引用しました。

「〝必要なときは連絡する〟と言われました」

すると聞いていたグラシンが言いました。

「まったくおまえは受動的攻撃性人格なのか、鈍感なふりをしてるだけなのかわからんな」

本来なら怒りたいところですが、
(a)受動的攻撃性うんぬんは正しい指摘で、
(b)弊機の行動を隠すために近くの監視カメラの視野をさえぎる位置に立ってほしいという希望どおりにしてくれているので、
がまんしました。

ラッティは前回の調査の成果をまとめる作業を終えて、次の準備にむけた休暇期間にはいっています。人間の友人たちと食事した帰りに連絡がついたのは幸運でした。グラシンは知るかぎり人間の友人がおらず、一日の休息時間にはいって植物バイオームが多いラウンジエリアで本を読んでいるところでした。

「鈍感なふりなんて、そんなわけないだろう」ラッティが反論して、それからこちらに言いました。「やっぱり警備局を呼ぶべきだと思うよ」

「船は乗船を許可しています。しかし障害がひどくて入り口が開かないのです」

「だから警備局を呼べば——」

「たんなる整備上の問題かもしれません。その場合は港湾管理局の担当分野です」もうすこしなのです。「それを確認するには船内にはいらねばなりません」

グラシンがため息をつきました。

「ピン・リーみたいな屁理屈をこねるようになったな」

「いいや、ピン・リーだったらもっとひどいし、僕らを罵倒するよ」ラッティはそう言ってから、こちらへ訊きました。「まえから思ってたんだけど、悪態はピン・リーから覚えたの？　それとももともと知ってた？　語彙がほとんどいっしょで――」

船の錯綜したフィードをえり分けて、ハッチを開かせることに成功しました。退がりながらグラシンを港湾監視カメラの視野からどかせて、ハッチにどこにも損傷がなく、内部から開いているところを映させました。船は自動的にステーションに通知を送ろうとしますが、止めました。それをやられると、ステーション警備局や港湾管理局の職員が調べにこないか周辺を警戒しなくてはいけませんし、船のシステムから情報を取得するには弊機でも数分かかります。

ラッティがおそるおそるハッチのなかをのぞきましたが、弊機を先に行かせます。

「ほんとにだれも乗ってない？」

あとに続いてエアロックにはいりながら訊きました。

だれもいないという確証はありません。船から確認を得られないのです。ドローンを先行させました。

「弊機よりまえに出ないでください」

「不適切な行動なんだが」

グラシンはつぶやきながらもラッティのあとからついてきます。

目視でもドローンのカメラでも、天井の低い狭い通路が続いています。黒ずんですり傷だらけですが、不潔ではありません。通過した小ラウンジは壁ぎわに灰色と茶色のすり切れた椅子。照明は点灯し、人間用の生命維持装置も稼働中。ただ、船全体の基本設計は貨物運搬用で、旅客設備は後付けです。

中央通路を先行していたドローンが、船の整備ドローンと遭遇しました。多数のアームをだらりと下げ、悲愴《ひそう》なビープ音を鳴らして空中をさまよっています。

「なにか、いやなにおいがしない？」

ラッティが顔をしかめています。グラシンも言いました。

「廃棄物リサイクル系がおかしくなったような悪臭だな」

空調は動いていますが、フィルター掃除が必要で、船はそれをできないようです。あるいは外部の注意を惹くためにあえてやっていないのか。

船の整備ドローンがこちらのドローンから離れてよろよろと奥へ飛びはじめました。案内されて短い通路を抜け、乗組員用の広いラウンジにはいりました。

なるほど、においのもとはリサイクル系の障害ではありません。

弊機はドローンのあとについて進み、ラウンジの入り口で足を止めました。ラッティとグラシンはどうしたのかというようすで背後で止まります。二人とも対応が身についていて、こういうときに勝手にまえへ出ておかしな状況に踏みこんだりしません。それでもラッティは脇からのぞき、グラシンはつま先立って肩ごしにのぞこうとしました。

よくある標準的なラウンジです。壁ぞいにクッションのきいた席が並び、なにも映さないディスプレイが空中に投影されています。奥の階段はすぐ上の船室エリアへ続いています。

床の中央にはさまざまな不潔な液体が流れて乾いたしみになっています。死亡した人体から漏出する種類の液体です（弊機も負傷すると液体を漏出させます。不潔という点ではおなじですが、種類が異なります）（それでも負傷しないかぎり液体の排出口はごくわずかです）（どうでもいいことです。わかっています）。

壁にそって湾曲したソファの上に、平凡な青い地の肩掛けバッグがおいてあります。

「これは血だね。そしてあれは――」ラッティは理解して言いよどみました。「うわあ」

「だれかの体調不良のあとか？」

グラシンはまだよく見えないようです（自分へのメモ。グラシンの強化視力は調整が必要とだれかに助言すること）。

「だれかが死んだあとだよ」

ラッティが言って退がりました。心配そうであきらかに動揺しています。

「さすがにもう警備局を呼んでもいいよね？」

ドローン群は船内のおおまかなスキャンと捜索を終え、無人であることを確認しました。ルトランを殺した犯人は（ここで殺されたのはルトランであってほしいところです。未発見の被害者がほかにいるとは思いたくありません）とうに去っています。船のシステムは障害がひどいので映像や音声を回収できるとしたら大がかりな記憶修復作業のあとでしょう。いまできるのはこれだけです。

「はい、どうぞ警備局を呼んでください」

警備局は、すわ一大事とばかりに駆けつけました。犯人の姿はとうの昔に現場から消えているのにお笑いです。こちらは乗下船エリアの船のハッチの外で待たされました。駆けつけたといっても局員たちの到着まで七分かかり、それまでに多くの視覚およびスキャンデータを収集しました。ラッティから提案されたバイオスキャン用のフィルターもダウンロードして使いました。ハッチに立ってさっさと下船するぞと大声で言いつづけるグラシンを無視して、作業を終わらせました。

警備局より先に、港湾管理局に属するボットが来ました。弊機にピンを打ったあとは、ただその場に立っています。乗下船エリアでよく見かけるボットで、いつもこのように立っているだけです。

(捜査のようすを知るために船内の要所にドローン数機をひそかに残置しようかと迷いました。しかしルトランの発見現場で警備局は全体イメージングスキャンをしていたのを思い出し、それでドローンがみつかったら屈辱的だと思いなおしました。いまの弊機はステーション警備局より一、二ポイント稼いだ立場なのですから、この優位をそこなうべきではありません)

やってきた初期対応チームは警備局員三人と港湾管理局長でした。グラシンから口頭で報告を聞きながら、ちらちらとこちらを見ています。弊機の行動に難癖をつけて身柄引き渡しを命じたいようすです。

フィードIDでドーランという局員が言いました。

「船内が無人だとなぜわかる?」

ラッティとグラシンがこちらを見たので、かわりに答えました。

「死亡または負傷して救助を必要とする乗組員または乗客がいないかどうか船内を調べました。結果は無人でした」

反応は懐疑的な顔から不審の目までさまざまです。

グラシンはあきれたように鼻を鳴らしました。

「それが警備ユニットだよ。こいつらの仕事だ。警備局は警備局の仕事をしたらどうだい」

ドーラン局員はわずかに顔を紅潮させて答えました。

「もちろんやるさ」

弊機は教えてやりました。

「ステーション警備局の初期事案評価手順では、最初に一人が現場を見て評価し、さらに周辺の安全を確認したら、対応チーム本隊に増援要請をすることになっています」ここに到着してすぐに警備局の諸手順集をダウンロードしたので知っています。続けて言いました。

「周辺の安全は確認しました」

ラッティは口をしっかりつぐんでよけいな声を漏らさないようにしています。

「それはわかっている」ドーラン局員は港湾管理局長にむきなおって続けました。「船内にはわれわれがはいります。局長はここでお待ちください」

港湾管理局長はしかたないと目をまわす表情をし、港湾管理局のボットの隣に並んで立ちました。

警備局チームは船内にはいり、三分で出てきました。そのままフィードであちこちと話しています。港湾管理局長はフィードマーカーによる立入禁止範囲を設定し、貨物ボットの往来を制限しました。港湾管理局のボットは彼女のあとをついてまわっています。役に立っていませんが、でくの坊のように立ったままよりましでしょう。

しばらくしてインダー上級局員が、ルトランの発見現場とおなじ顔ぶれの技術員と局員をともなって到着しました。港湾管理局からは二次対応チームとしてボットと専門の異なる技術員が来て、付近を歩きまわっています。ラッティによれば船の障害を調べて修復を試みるのだそうです(プリザベーションなのでやはり無料なのでしょうか。グラシンの話では、この場合は旅行者救助ルールというのが適用されるそうです。企業リムでは船は損傷したまま係留されて、船主か代理人が来るまで罰金が積み上がるのが普通です)。警備局は港湾管理局に対して、船の損傷は証拠物件として記録するので修復は待ってほしいと交渉しています。

グラシンはここから去るべきだと何度も主張します。しかし弊機もラッティもしたがわないのでしかたなくとどまっています。居心地悪そうに姿勢を変え、ときどき歩きまわっています。

ラッティは警備局を呼んだあとで弊機に尋ねました。

「グレイクリス社が関係してると思う?」

「可能性はあります」ルトランが元弊社の工作員で、グレイクリス社の工作員に殺されたという仮説を説明しました。「しかし裏付ける証拠がないと脅威評価を確定できません」

グレイクリス社の工作員が乗りあわせた客をなんらかの理由で殺したというシナリオもありえます。しかし証拠がなければただの空想です（どうせ空想なら、人間が人間を殺すという定番以外の空想もしたいところです）。

グラシンが太い眉を寄せて訊きました。

「じゃあ、ルトランはなぜ殺されたんだ？」

「推測するにはデータ不足です」統制モジュールが機能しているときのような辛抱強い答え方はできませんでした。「多くの要素が未確認です。たとえばルトランと犯人は乗船前から面識はあったのか。犯人は乗客だったのか、あるいは招かれて乗船したのか、それとも詐欺や脅迫によって力ずくで乗りこんだのか。死体をどうやってステーションのモールのジャンクションに運んだのか。動機も不明です。企業スパイの争いか、窃盗か、喧嘩か、それとも通り魔殺人か」

ようするになにひとつわかりません。

プリザベーションらしい質問をラッティからされました。

「通り魔殺人ってなに？」

「人間がとくに動機なく、通りすがりの不特定の人間を殺すことです」

たしかに現実よりもメディアで見ることが多いでしょう。

これを聞いて二人とも不愉快そうになりました。弊機も不愉快です。ただ殺したいから人間を殺すような悪人は、メディアでもなかなか逮捕されないものです。

しかし新たな情報がない以上、ルトランはなんらかの理由があって殺されたと考えるのがすじです。殺された理由は、ルトランが何者であるか、渡航目的はなにかに関係しているはずです。脅威評価もそこは同意しています。

とにかく警備局が重い腰を上げたのですから、われわれ——いえ、彼らの手もとには中継リングの監視カメラ映像がすぐに集まるでしょう。

インダーがハッチから出てきて、べつの局員と話しました。初めて見る局員でフィードIDは非公開です。やがてインダーはこちらに来ました。その局員と、ルトランの身許確認に苦労している技術員のトゥラルがついてきます。

彼らの態度からなにかを感じたらしく、ラッティは弊機のそばに寄りました。さっさと立ち去るべきだというグラシンの主張は正しかったのかもしれません。レポートを警備局に送って、対応チームが駆けつけたときに涼しい顔でホテルかメンサーのオフィスにもどっていれば、ポイントが高かったでしょう。しかしあとの祭りです。

人間が快適に会話できる距離よりすこし離れてインダーは立ち止まり、こちらを見ました。

すぐには口を開かず、まず不愉快そうな視線をグラシンとラッティに送って、もっと不愉快そうな視線をこちらにもどしました。トゥラルはインダーを見ています。なにか言いたげですが、許可がなくて話せず、いらだったようすです。もう一人の局員は石のような無表情。しかしそれをやるならフェースプレートを不透明にしたヘルメットのほうがより効果的ですよ。

インダーは言いました。

「アイレン局員、これは……警備ユニットだ」単純に詰まったのではありません。「そしてこちらは調査隊学術研究員のラッティとグラシン。この二人も目撃者だ」

するとグラシンが言いました。

「たいしたものは目撃してませんよ。話せることはあまりない」

グラシンは知らない相手と話すのが苦手のようで、そこは弊機とおなじです。そしてたしかにラッティをふくめて二人が見たものはすべて録画におさめています。ただ、そのように話しているすきに、弊機はアイレンのフィードIDを隠した非公開封印を解除して、彼女が特別捜査部所属であることを読み取りました。意味はよくわかりませんが、特捜部というのはかっこいい肩書きで、すこしうらやましくなりました。

インダーはまたこちらを見ています。弊機はなにも言いません。なにか言うべきでしょうか。〝やあ〟と言ってもいいのですが、いまさらです。インダーのほうから言いました。

「レポートを見た。死亡者をルトランと特定した経緯はわかった。こちらもあのあとすぐ医務員によるボディスキャンで確認した。しかし、ルトランがこの船の乗客だとなぜわかった？」

ラッティは防御姿勢をやめて、会議に出席する態度になりました。

「やっぱり殺されてたのは彼なんですか？　発見された死体の人物？」

トゥラルがそれに答えました。

「不正がないとすれば、DNAは一致しています。不正は可能ですが、この場合は——」

そこでインダーににらまれて口をつぐみました。

弊機はインダーの質問のほうに答えました。

「船に問いあわせたら、彼を乗客と認めました。システムが障害を起こしたせいで船内の事件を港湾管理局に通報できなかったのです」

トゥラルがうなずきました。

「船から出るのはエラーコードばかりだ。分析班が再起動を試みる予定だけど、最新の乗客名簿を回収するためにメモリーコアをコピーしなくてはならず、修復はそれから——」

インダーから〝まだ早い〟と言いたげな眉間のしわをむけられ、トゥラルはまた黙りました。

続いてインダーは弊機に訊きました。

「この船をどうやって特定した？」

「特定していません。総当たりです」そして続けました。「だから時間がかかりました」

もちろんあてつけです。

インダーは片目を細くしました。

アイレンは、人間が相手を威圧しようとするときの目つきになりました。しかし前職で長らくもの扱いされていた弊機は、その程度の否定的な視線には動じません。アイレンは言いました。

「一つだけ確認しておきたいのだけど。きみ自身が関与したということは？」

なんとまあ。練習を積み重ねて無表情を維持できるようになったつもりでしたが、これにはさすがに怒りを禁じえません。過去のさまざまな仕打ちにくらべればこの程度と思いそうですが、どういうわけかこれは看過できませんでした。

ラッティは怒って鼻から息を吐きました。グラシンは陰気な目で中継リングの天井をささえるアーチを見上げました。話がこうなることを二人とも予想していたのでしょう。だから
グラシンはさっさと引き上げようと主張し、こばまれると放っておけずに自分も残ったので

す。

　弊機は答えました。

「いいえ、関与していません。どこにそんな動機が？」

　アイレンは視線をはずしません。

「民間の警備業者が独自にこのステーションで活動しているのが気にいらないだけよ」

　なるほど、この特捜部員は事件をグレイクリス社がらみと考えています。つまり弊機がグレイクリス社の工作員としてルトランを発見し、殺害した。そしていまは捜査を恣意的な方向へ誘導し、無関係な人間の友人二人を利用して隠蔽していると。

　厄介なことに、ありえなくはない仮説です。もし弊機がステーション内でグレイクリス社の工作員を発見したら、実際にそうするかもしれません。となると慎重な返事が求められます。

『サンクチュアリームーンの盛衰』には嘘つきの人間ばかり登場します。怒って全否定するのは潔白の人間が衝動的にやりがちですが、かえって逆効果です。また弊機はそれなりに嘘をつきます。暴走警備ユニットであることを三万五千時間あまりも隠して元弊社の契約任務に従事していました。そのあとは強化人間のふりをしましたし、存在しない人間の管理者にしたがう正常な警備ユニットのふりもしました。あとの二つの例では多少の失敗もありました。うまくだますには相手をミスリードすることが肝心です。厄介なときに厄介な場所にいあわせないこと。厄介な質問をさせないことです。

ミスリードさせるためにこう言いました。

「弊機なら死体がみつからないように処理するか、あるいは事故に見せかけます」

インダーは顔をしかめ、アイレンは眉間にしわを寄せて、視線をかわしました。その視線をもどしてインダーが質問しました。

「死体がみつからないように、どう処理する?」

公共図書館フィードではないのですよ、上級局員。自分で調べてください。

「それを教えたら、弊機がこれまで処理した死体がすべてみつかってしまうでしょう」

「じょ、冗談ですよ。こういう顔で冗談を言うんですよ」

ラッティがまったく冗談ではなさそうな声で弁護したあと、フィードで言いました。

〈冗談はやめて!〉

グラシンはため息をついて顔をこすり、はるか遠くを見る目になりました。いまこの場所に立つはめになったいくつもの人生の選択を悔いている顔です。非公開フィード接続でこう送ってきました。

〈被害者が殺された時間にべつの場所にいた証拠を見せればいいだけじゃないか〉

（わかっています。ミスリードした方向がまちがっていました。人間や強化人間ならいまのような言い方でも通りますが、暴走警備ユニットでは通りません。意固地になっているだけだとわかっていますが、あきれさせたいのです。なんだこいつはと思わせたいのです）

（とはいえ、今後もし本当にグレイクリス社の工作員を殺す必要に迫られたら、死体はかなり慎重に処理しなくてはいけなくなりました）

（おそらく事故に見せかけるほうが簡単です）

認めたくありませんが、グラシンの指摘は的を射ています。ドローンのアーカイブから録画の適切な部分を切り出しました（ドローンの映像記録をすべて保存しているわけではありません。ストレージ空間を圧迫されるとメディアの保存場所がなくなります。消去前に分析して関連箇所だけ残しています。その作業は遅れ気味で、過去七十二時間分がたまっています）。そしてそれをインダーとアイレンに送りました。

映像は、評議会オフィスの天井に張りついているメンサーの専任ドローン部隊が撮ったものです。弊機はデスクの角に腰かけ、メンサーは歩きまわっています。音声は消しています。メンサーがソンジェ議員の悪口を言っていることは企業秘密に相当するからです。映像を早送りして、べつの哨戒ドローンから通知がはいるところを見せました。弊機はメンサーに知らせ、すぐにデスクから下りて壁ぎわに立ち、直後にイフレイム議員がはいってきました。

そこで映像を止めました。

これでルトランが殺された時間に、弊機はステーションの反対側にある評議会オフィスにいて、それを惑星指導者と議員一人が見ていることがわかります。インダーはため息をつきました（そうです、弊機がいるとため息が多くなります）。そして隣に言いました。

「アイレン局員、あれを」

アイレンは弊機に言いました。

「さっき質問したのは、こういうものがあるからよ」

そしてビデオクリップをフィードで送ってきました。

中継リングの監視カメラ映像です。編集されていますが、タイムスタンプは残されています。映っているのは船のエアロック。そこにルトランがやってきて、乗船を求め、船内にはいっていき、ハッチが閉じました。早送りしても、あとはなにも映っていません。船のハッチに近づく者はおらず、だれもルトランのあとから船内にはいっていません。

「先にだれかが乗っていたということは？」

アイレンの陰気な表情はドローンで見ています。

「いいえ。この船にはルトラン以外だれも乗船せず、下船もしていない」

ではハッキングです。弊機が監視カメラ映像から自分の姿を消すのとはちがうやり方です。弊機の場合はシステムに侵入して、自分が映っている部分を除去し、前後のなにも映っていない部分をコピーして埋めます。ほとんどシームレスにつなぎますが、それでもこれよりはわかりやすい編集跡が残ります。この細工をした人間は映像が監視システムだけでなく人の目でも点検されることを予想しています。

人間……でしょうか。グレイクリス社がべつの警備ユニットを送りこんだということはないでしょうか。あるいは戦闘ユニットを。

有機組織の肌がふいに冷気にふれたように鳥肌立ちました。復讐《ふくしゅう》のためにそこまで大きな武力を投入してくるでしょうか。メンサーの専任ドローン部隊で安全確認をし、官公庁をとりまくドローンの警戒線を強化しました。弊機がなにかを恐れているとメンサーに気づかれると不安にさせてしまうので、望ましくありません。

(「こっちも見せてもらっても?」ラッティがインダーに頼みました)

(「ご遠慮ください」インダーは断りました)

ビデオクリップのデータをコードレベルまで調べましたが、なにもみつかりません。

アイレンが言いました。

「きみがメンサー博士を企業ステーションから救出したレポートを読むと、同様のことをできるはずね」

「できますが、特定の状況においてのみです」どのような状況かは説明しませんよ、特捜部さん。「監視システムに侵入されたということは？」

これは緊急の質問です。

かわりにインダーがこちらを見つめて答えました。

「港湾管理局のシステムはハッキングされていないと分析班は考えている。妨害装置《ジャミング》が使われたというのが彼らの意見だ」

よい答えを聞きました。そうだとすれば構成機体ではありません。構成機体ならツールを使わず、ハッキングに頼ります。

「こんなことが可能なツールは覚えがありません」アーカイブに検索をかけました。メンサー博士に買ってもらったドローンの選定で使った技術カタログも対象です。「監視システムは企業リムで重要なので、そのようなツールはもちろん禁制品です。すくなくとも一般販売は禁止されているはずです」

検索にはなにもかかりませんでした。こんなジャミング装置はメディアでしか見たことがありません。あるいは秘密兵器か、魔法の産物か。

「企業リムの外から持ちこまれたのかもしれません」

「おそらく諜報《ちょうほう》ツールね」

アイレンは横目でインダーを見ました。そちらは陰気な表情のままです。

諜報活動に警備ユニットは使われないと言おうとして、確たる証拠はないことに気づきました。アーマーを脱いで外見を変えて、適切なモジュールを組みこめば……。

弊機の知らないことがこの世界にはたくさんあります。

考えると怖くなるので考えません。

「死体を船から運び出すときもこれが使われたのですか？」

「いいえ。ごく単純な方法よ」

アイレンはべつのビデオクリップを再生しました。映っているものを隠そうと細工したようすはありません。浮上式の配送カートが到着し、船のハッチが開いて船内にはいりました。七分後にハッチがふたたび開いてカートが出てきました。あからさまで唖然としました。カートは宇宙港で配送に使われる一辺三メートルずつの標準サイズです。

「容疑者は死体といっしょに乗って出たのですね。カートを呼び出した者を調べればいい」

「カートのほうをいま探しているわ。でもたぶん犯人の手で痕跡は消されているでしょうね。接触DNAを除去する滅菌装置を持っているのだから。呼ぶときに自分のIDを使うほど不用心でもないはず」

ますます不愉快です。カートを呼ぶのに必要なのは位置アドレスだけ。船のエアロックのＩＤでもかまわないわけです。

グラシンが訊きました。

「だったら、なぜそいつは船内をきれいにしなかったんだ？　もし掃除されていたら、そのなんとかってやつの殺害場所だとはわからなかった。船に障害があるってことだけだ」

まっとうな質問ですが、まっとうな答えを返せます。

「そのつもりだったはずです。もどってくる時間があると思っていたのでしょう」

インダーは思案するように吐息を漏らしました。アイレンはまだなにかを疑うようにこちらを見ています。やがてインダーが首を振りました。

「鑑識と医務員はもうしばらくこの現場を調べる。局員、次はどうする？」

アイレンは答えを用意していました。

「この貨物船を借り上げた契約者はまだ特定できていませんが、次に積む予定の貨物を運んできた系外船のＩＤはわかっています。商用ドックへ行ってそちらを調べます」

プリザベーションにおける〝系外〟とは、企業リムでいう〝非法人政体〟と同義です。具体的には惑星上の入植地、ステーション、衛星、浮遊する岩塊など、企業の所有権が設定されていない場所です。プリザベーションのような楽天地か、それとも悪の巣窟かはわかりません。

インダーは答えました。

「よし。警備ユニットを連れていけ」

おや。さすがに驚きました。

## 5

ラッティとグラシンに用はないとアイレンは言明しました。かまいません。グラシンはそもそも行きたがりませんし、ラッティは弊機にかけられたルトラン殺しの疑いが晴れたと考えて満足しています。

アイレンが言わなかったのは、弊機の同行を不愉快に思っていることです。はっきり言ってもらったほうがこちらは楽です。立場がわかり、嫌みな態度をとるべきかどうかわかります。

さらに警備局員が二人（フィードＩＤではファリドとティファニー）、港湾管理局の管理者（フィードＩＤではガミラ）、港湾管理局のボットも一行にくわわり、貨物エリアのゲートを抜けて旅客ドックの奥へ歩いていきました。

プリザベーションの（一般公開されている）域内ニューストリームのアーカイブで、アイレンの肩書きについて調べました。プリザベーションの各行政機関で解明できない問題を捜査する権限を持った職員で、ステーションも地上も管轄しています。家庭と職場における調停もこなします。つまり相手を不愉快にさせる話をいつもしているわけです。肩書きの響きほどかっこいい仕事ではなさそうです。

港湾管理局のガミラ管理者はフィードで調べものをしています。

「問題の貨物の移送は二サイクル日にわたって待機中のままよ。こちらは確認を待っていたんだけど、それが出ないうちに港湾閉鎖が発令されたの」

アイレンが訊きました。

「理由は?」

ガミラは不愉快そうに答えました。

「さあ、どういうことだか。この船、ラロウ号はメッセージに応答しないのよ。貨物モジュール式ではなく、貨物室からの荷下ろしの記録もないので、積まれたままと考えるしかない」

アイレンは黙りこみました。ファリドとティファニーは意味ありげに視線をかわしているのがドローンでわかります。当然でしょう。この船に関連して人間が一人死んでいるのです。ラロウ号が呼びかけに答えないのは、港湾管理局のフィードメッセージを単純に無視しているのではなく、もっと不審な理由がある可能性が四十二パーセントです。

商用ドックの貨物エリアは、旅客ドックのそれと大差ありません。荷役用の広い空間の奥に気密のドッキングハッチが並んでいます。大型の貨物ボット（普段はステーションの外壁に張りついて、船くらいの巨大なモジュールを運ぶのが仕事です）はフロアでしゃがみ、あるいは弧を描く高い天井から休眠状態で吊られています。低レベルの専用リフト車が何台か駐まり、積まれた与圧コンテナのあいだを人間や強化人間が歩いています。大型のモジュールは隔壁ぞいに寄せられ、荷積みのあと、モジュール投下口から押し出されて船へ移動するのを待っています。現在ドッキング中の船はほとんどがモジュール式ではなく貨物室方式なので、不便な専用ハッチから積み下ろしされます。系外すなわち非法人政体の船ではこれが普通です。

プリザベーションでは安全設計の基準が高いので、貨物船のハッチにたどり着くまでにエアバリアを二回通りました（ハッチの故障や外壁穿孔《せんこう》による減圧事故から人間を守るために高い安全基準が適用されるのはよいことです。暴走警備ユニットから人間を保護するためにそうなっているのは、あまりうれしくありません）。

ピンを打ってみましたが、船の応答は中継リング用のマーカーだけ。内容はドッキング番号とラロウ号の船籍名です。つまり操縦ボットは搭載されておらず、情報は引き出せないようです。がっかりしました。捜査チームの一員としてできることはほかにありません。人間たちについてまわって話を聞いているだけというのは、ただの警備ユニットにもどった気分です。もちろん弊機は警備ユニットですが……そういうことです。

アイレンは船の通話回線をタップして呼びかけ、フィードIDを送りました。

「こちらはステーション警備局の特捜部だ。港湾管理局の管理者も同行している。貴船の貨物取り扱い契約先で、現在は旅客ドックにドッキング中の貨物船について話を聞きたい。至急だ」

弊機はハッチのカメラの視野からはずれた脇のほうに立ちました。通常の警備ユニットの行動です。港湾管理局のボットもやってきて隣に立ちました。いやはや、すばらしい。でくの坊のように立つことしか仕事はないのでしょうか。

通話回線に応答のピンが来て、フィード翻訳された声が答えました。

「警備局と港湾管理局の二人だけがはいれ。金魚のふんは外で待て」

プリザベーション標準語で〝金魚のふん〟に相当するとフィードの翻訳アルゴリズムが判断したもとの言葉は、いったいなんだったのでしょうか。

（そう思ったのは弊機だけではないようです。ティファニーは目を細め、ファリドは声を出さずに口だけを動かしてゆっくり〝金魚のふん〟とつぶやきました）

二人が近づくと、ハッチが開きました。とたんに弊機の脅威評価が跳ね上がりました。まずメンサーにつけたドローン専任部隊からの入力を確認しました。十一秒前に定期報告を受けていますが、あらためて異状ないことを確認しました。メンサーは評議会オフィスにいます。大きな会議は終わって少人数で協議中。四人の評議員とともに椅子にすわり、人間が好む熱い液体のカップをそれぞれ手にして、フィード文書を検討しています。

アイレンとガミラはためらいなく船内にはいり、ハッチが閉まりはじめました。飛びついてハッチの閉鎖を阻止したい衝動にかられましたが、やりませんでした。いかにも暴走警備ユニットらしく見える行動はためらわれました。

ハッチは閉まりました。ああ、マーダーボット、失敗かもしれません。

ファリドが咳払いをしました。

「きみは……やはり警備ユニットなのか？」

重い問いです。

「アイレンとのフィードはつながっていますか？」

弊機を排して警備局員の二人とつながる非公開接続がありそうだと思ったのです。

「いまは切れてる」ファリドは眉をひそめてハッチを見つめました。「バリン、ガミラ管理者とつながるか？」

だれのことかと思ったら、ボットの名前です。バリンは首をかしげて答えました。

「いいえ、局員」

ティファニーは警棒を握る手に力をこめ、前かがみの姿勢になりました。

これも一つの要素です。ステーションの警備局員はこのような伸縮式の警棒しか装備していません（電気ショック機能もありません。酩酊した人間を殴打し、襲われたときに防御するだけです）。エネルギー銃を使った事件が起きたときだけエネルギー銃が局員に配られます。これはいいことです。人間にはなるべく武器を持たせないほうが安全です（事故にせよ意図的にせよ、自分の顧客からひんぱんに撃たれた経験を持つ警備ユニットとして、強く主張します）。

しかし今回の場合、アイレンは丸腰で船内にはいったわけです。

アイレンとガミラとの接続を試みましたが、反応はありません。テストメッセージもピンも船の通話回線やフィードにはじかれてしまいます。なにかに妨害されています。ハッチが閉じたときに働きだしたようです。

もうハッキング禁止などかまっていられません。港湾管理フィードから保安監視システムに接続しました。ドッキング中の全船舶と常時接続している港湾管理局のシステムです。そこから船がフィードにアクセスしている秘匿接続をみつけて侵入し、船内のカメラ映像を探しました。しかしあるのは無用なハッチのカメラだけ。ただしその音声に、遠くの人間の怒鳴り声がはいってきます。マイクから離れた船内のようです。港湾フィードにつないだアイレンの接続をみつけ、増強して本人につなごうと試みました。

雑音が耳ざわりになるほど音量を上げて、警備局のフィードにつなぎました。ティファニーもファリドも驚いた顔をし、バリンはうなじから網状のセンサーを広げました。ノイズを除去していくと、アイレンのＩＤが出てきました。警備局へ緊急増援要請コードを送っています。

最悪です。危険だとわかっていながらでくの坊のように立っているだけで、未然に防げませんでした。ティファニーとファリドにむきなおりました。

「船内にはいる必要があります」

ファリドはインターフェースに手をあて、警備局の通話回線に緊急増援要請のコードを送りました。ティファニーはもっと直接的で、警棒を振って命じました。

「バリン、あけなさい」

港湾管理局のボットは立ち上がって弊機の倍の背丈になりました（じつはそのときまでしゃがんでいることに気づきませんでした）。片腕を伸ばし、蜘蛛《くも》の巣のように広がった手をハッチ脇の制御インターフェースにあてて、複雑なピンを打ちました。解除コードです。ハッチが開きました。

いいでしょう。港湾管理局のボットはただのでくの坊ではないと認めます。

弊機はドローンを先に、続いて自身も船内にはいります。こちらもでくの坊はやめます。

ドローンによると、エアロックを抜けた先は薄汚れた通路が延びています。つきあたりに開いたハッチ。そこに薄汚れた人間（ターゲット一号）が大きなエネルギー銃を持って立っています。音声には人間の怒鳴り声がはいってきます。

ターゲットとハッチの先は広がったジャンクションで、三方に通路が分かれています。アイレンとガミラは隅に追いつめられ、アイレンが両腕を広げてガミラをかばっています。さらに四人のターゲットがいます。武器を持っているのはそのうち二人で、アイレンたちを脅しています。こちらに近いのがターゲット二号。物理銃をかまえて怒鳴っています。ターゲット三号は、初期評価で発砲危険性がもっとも高そうです。彼女は二人の捕虜から離れ、物理銃を振ってやはり怒鳴っています。

ハッチが開く音に気づいたターゲット一号が、かろうじてこちらにふりむいて銃口を上げました。こちらはあとから人間が二人ついてくるのでよけるわけにいきません。とはいえエネルギー弾を頭に受けたくもありません。そこで右腕に仕込まれたエネルギー銃でターゲットの銃を撃ちました（顔を狙ってもよかったのですが、そこまで危険性の高いターゲットではないと判断しました）。男は悲鳴をあげて横むきになりました。その頭をつかんでハッチの角に打ちつけ、損傷した銃を奪いました。

発砲を引きつけるためにまず男をジャンクションに投げいれ、そのあと踏みこんで、損傷した銃をターゲット二号に投げつけました。銃は彼女の頭を直撃しました。続いて、おなじく銃を持つターゲット三号を左腕のエネルギー銃で撃って、胸と肩に着弾させました。ジャンクションを横切る途中で非武装のターゲット四号とぶつかったので、彼をターゲット二号に投げつけました。二号はよろけて銃を落とし、二人はもつれて転倒しました。弊機は床を滑りながら、アイレンとガミラを背後に守って止まりました。

ドローン群はジャンクション内を急速に旋回しながらいくつかの小隊に分かれました。そのうちの三隊が警戒位置につき、残りはハッチを抜けてそれぞれの通路にはいりました。船内にほかのターゲットがいないか探します。

理想的な介入と救出ではありません。迅速さがいまひとつでした。ティファニーとファリドが被弾しないように動きを制限されました。ターゲットが敵性か、ただの愚か者か不明なために対応も控えめでした。

ターゲット三号は床に倒れていますが、意識はあり、銃を手探りしています。しかし撃つまでもなく、ティファニーとファリドがジャンクションにはいってきて、その銃をファリドが拾って遠ざけました。ターゲット一号と四号は気絶して動きません。ターゲット五号は床に伏せて意味不明なことを叫んでいます。ターゲット二号は手足を広げて倒れていますが、意識がないふりをしています。

未発見のターゲットによって船内に閉じこめられる懸念はあります（うまくいかないはずですが、それでも試みる者がいたら気分を害したでしょう）（気分を害した警備ユニットと船内に閉じこめられるのは、おすすめしません）（やめましょう）。しかしドローンの映像によると、バリンがハッチの戸口で腕と脚を四本使って踏んばり、閉じないようにしています（おそらく港湾管理局の職員が同様のめにあったことがあるのでしょう）。

ティファニーが奥へはいってきて、弊機の左で警戒態勢をとりました。さらにファリドが言いました。

「増援を呼んだ。それから……医務員にも通知する」

ドローンの映像で船のようすがわかってきました。かなり粗末な貨物船で、生活空間は最小限。乗船者はほかにいないようです。船内からジャミングを停止させるのは容易でした。船のフィードで乗組員名簿を取得し、全員を二度確認しました。

「船内の安全を確認し、乗組員は名簿とつきあわせました」

ターゲット二号の演技にうんざりしてきたので、わざとアイレンとガミラのほうにふりかえってやりました。

「おけがはありませんか？」

すきができたと思ったターゲット二号が、床に落ちた物理銃に手を伸ばしました。弊機はその銃をティファニーのほうへ蹴り、彼女は拾って安全を確保しました（そうです、不必要にからかいました）。

「けがはないわ」

アイレンが答えました。声は落ち着き、冷ややかな調子さえあります。しかし額には大汗をかき、心拍数は高いまま。胸ぐらをつかまれたらしくジャケットとシャツが乱れています。

「介入してくれてありがとう」

ガミラは壁によりかかって片手で胸を押さえています。

「もう、なにがなんだか！　脅すばかりで、こちらの話を聞かないのよ！」

するとターゲット二号が歯がみしながらフィード翻訳を介して言いました。

「この船を乗っ取りにきたのね！　卑怯《ひきょう》な企業人め！　警備ユニットまで送りこんで！」

弊機は彼女を見下ろしました。

「突入するまで警備ユニットの存在に気づかなかったはずですが、なにかおっしゃいましたか？」

ターゲット二号は眉をひそめてこちらを見上げ、ぽかんと口をあけました。

そこへターゲット五号が低い声で言いました。

「やめときな、フェン。こいつらの目的は船を奪うことさ」

アイレンはうんざりしたようすで首を振りました。ガミラは五号に言いました。

「あなたたちこそ襲うまえによく考えるべきよ」

哨戒ドローンによると、警備局の即応チームがエアロック前に到着しました。身長を低くしてジャンクションにはいり、ガミラに手を伸ばします。ガミラは助けられて立ち上がり、船の外へ案内されていきました。

管理者とボットが去るまでだれも動きませんでした。続いてどたばたとはいってきた即応チームに、アイレンは指示しました。

「船内の全員を逮捕しなさい。ここではしゃべりたがらないはずだから、ステーションで尋問する」

自分の足で警備局のオフィスを訪れるのは、控えめにいっても奇妙な気分です。これまでどのステーションでも警備局へ行ったことはありません（警備局行きになるときは分解されて部品とリサイクル用のゴミになっているはずで、こんな報告は読めません）。企業リムのステーションで警備ユニットは普通は使われませんし、法執行機関でも同様です。

ステーションに緊急配備されるとしたら盗賊の襲撃に対抗するような場合だけでしょう（そもそも警備ユニットの配機《はいき》センターがあるステーションを盗賊は狙いません。それでも狙ってくるような盗賊はよほど大勢なのか、よほどのばかか、その両方です）。グレイクリス社が契約していた警備会社のパリセード社は、トランローリンハイファでの人質拘束チームに警備ユニット一機を使いましたが、あれは弊機を警戒していたからです。そして弊機がメンサー博士とともに脱出を試みたときは、追跡隊に警備ユニット二機と戦闘ユニット一機を投入してきました。そこまでした彼らの代償は高くつきました。

とにかく暴走警備ユニットとして逃亡生活にはいってから、ステーション警備局には近づかないようにしていました。

プリザベーション・ステーションの警備局オフィスは、港湾管理局のそれと隣りあっています。両局は乗下船エリアとステーション本体をへだてる壁と一体化して、どちらもモール側と中継リング側の二つの出入口があります。

このステーションに来てすぐアーカイブから入手した警備局の構内マップがあります。それによれば一階は受付エリアで、人間たちが争いごとを持ちこんだり、貨物やドッキングでの違反行為の罰金を支払いにきたりします（プリザベーションでは二種類の経済が並立しています。惑星住民のやりとりは複雑なバーター取引。他星からの来訪者やほかの政体とは通貨による貿易がおこなわれています。住民の多くは企業リムでの通貨の重要性をあまり理解していませんが、評議会は理解しています。メンサーによると、宇宙港は各種の使用料で充分な収入を得ており、惑星のリソースに頼ってはいないとのことです）。

オフィスの二階はもっと広く、業務エリア、会議室、事故および安全対応機器の保管室になっています。ほかに別棟になった留置場と、より大きな別棟である潜在的有害貨物の保管およびサンプル分析施設があります。小さめの医務室はおもに酩酊者に対応します。

即応チームは中継リング側の入り口から逮捕者を局内に連行しました。ターゲット一号と三号はストレッチャーで医務室に直行しましたが、残りはおおむね歩けました。

ステーションの入り口で武器スキャナーが鳴りました。もちろん弊機に反応したものです。しかし即応チームは混乱しました。まぬけなだれかが逮捕者の身体検査を充分にやらなかったせいだと考えたのです。スキャナーが反応した武器を求めて逮捕者の再検査をはじめた局員たちを眺めながら、弊機は二分十二秒間にわたって気づかれるのを待ちました。警備局員を弁護しておくと、最初にやった身体検査は適切でしたし（こちらでも目視とスキャンで確認しました）、逮捕者のインターフェースも没収していました（強化人間は一人もいませんでした。プリザベーションに寄港する企業リムの外の政体では、フィード強化部品の埋めこみは一般的ではないようです）。しかし警備ユニットがすぐ横に立っているのに気づかないのは、とても弁護できません。

とうとう弊機は袖をまくり(腕に仕込まれたエネルギー銃を使うと必然的に服に穴があくので、あとで修復しなくてはいけません)、片手を上げて言いました。

「みなさん、これです」

全員が目を丸くしました。

まだもうろうとしているターゲット四号が言いました。

「この癪にさわる警備ユニットだよ、ばかども。なぜ気づかねえんだ」

そのとおりです。このターゲットたちとは話があいそうです。

「そういうあなたはステーションの留置場に自分から飛びこんできましたね。ばかはどちらか、じっくり議論しましょうか」

ターゲット四号は驚いた顔です。隣でターゲット五号が弱々しく言いました。

「警備ユニットは口ごたえしないものなのに……」

おや、そうですか。

「貨物船の乗組員は港湾管理局の管理者を人質にとったりしないものですが、まあ、おたがいさまですね」

先頭でアイレンが声を荒らげました。

「連行しなさい！」

局員たちはあわてて整然とした隊列をつくりなおし、ターゲットたちを連れてロビーを通っていきました。弊機が袖を下ろしていると、アイレンが近づいてきました。どうせ不愉快な話だろうと思っていると、アイレンは声をひそめて言いました。

「港湾管理局の検査官から予備的な報告がはいったわ。ラロウ号の船倉を調べたところ、初期的なスキャンでは貨物コンテナはいずれも空《から》。そして荷下ろしした記録もない」

空だった？　いったいどうして？

袖を下ろしながらも思考は一秒間固まりました。脅威評価が急上昇し、危険評価モジュールさえ（これは一度データを削除して再起動すべきです）レポートをよこそうとしています。

いろいろなことを考えましたが、口をついて出たのはこれだけでした。

「ではあの貨物船はいったいなにを待って……？」

ルトランが殺された貨物船に貨物モジュールは接続されていないと、ドローンの検査でわかっています。当時は不思議ではありませんでした。貨物船がドックに停泊しつづけているのは、モジュールに貨物が積まれるのを待っているからだと考えられたからです。

「それが問題ね」

アイレンの顔は無表情の範囲ですが、弊機の脅威評価モジュールとおなじくこの報告に興味を持っているようです。

それにしてもなぜわざわざ弊機にこの話をしたのでしょうか。ちょうどいま知って、部下たちには武器スキャン騒動で腹を立てていて、捜査の実情を知っているのがほかに弊機しかいなかったからかもしれません。貨物保安基準違反以外の不審事案を捜査するうえで信頼できると評価されているのならいいことですが、さすがにそれはないでしょう。

「非法人政体の船にしては、乗組員たちは警備ユニットについて知識がずいぶん豊富です。警備ユニットが配備されるのは採掘事業所や僻地の契約労働施設で、あとはライセンスを保有する警備会社で採用されるくらいです。メディアで見たのかもしれませんが……」

言いよどみました。彼らがしめす恐怖と憎悪は、暴走警備ユニットを恐ろしい悪者として描く『勇敢なる防衛隊』のようなドラマを観た影響による恐怖と憎悪とは、すこしちがう気がします。もっと直接的な体験からくる反応ではないでしょうか。しかし裏付けるデータがありません。

アイレンは眉を上げました。

「どうかしら。船の経路報告どおりなら、企業の宇宙港に立ち寄ってはいないはずだけど」

「なにか裏があるはずです」

そのはずなのでそう言いましたし、考えはできるだけ明確に述べる癖がついています。そうしないと神経組織を焼かれるからです。

「尋問してみるわ」

アイレンは警備局オフィスにはいっていきました。

待たされました。逮捕書類への記入が必要で、またターゲット全員の健康診断もしなくてはならず、いずれも規則で決まっているのでうんぬんかんぬん。多少なりと重要なのは技術員チームが船内を捜索したことでした。探したのは、

（1）接触DNAを除去できる装置

（2）中継リングの監視カメラを視覚的に妨害できる装置

（3）不審な液体の汚れが付着した浮上カート

でした。並行して港湾管理局は、所在不明ないし不存在の貨物とこの船の関連をしめす書類を捜索しました。

弊機へのメッセージがフィードで何本かはいってきました。ラッティは弊機が無事か、殺人犯はつかまったかという質問。グラシンも同内容ですが、弊機が無事かどうかは問いあわせてきません。ピン・リーはすぐに連絡をよこせと言ってきました。すぐにというのは急用ではなく、重要な用件を意味します。

局員たちに続いて二階の業務エリアに上がりました。中央にステーション全体の大きなホロマップがあり、すべてのエアロック、エアバリア、その他の安全システムのステータスが表示されています。宇宙港でおこなわれる貨物の適法性検査結果もスクロールしています。このホロマップをかこむように業務用のデスクが並び、ディスプレイが空中に浮かんでいます。さらにあちこちに放置された食べ残しの食品容器。うげっ。人間の職員が数人、席についてフィードで仕事をしています。弊機がはいってもだれも顔を上げません。

人けのない隅に立って、まずラッティとグラシンに受信確認と、あとで連絡する旨を伝えました。そしてピン・リーのフィードをタップしました。

のっけからこう言ってきました。

〈商用ドックの事件についてインダーがメンサーに送った最新情報を見たよ。グレイクリス社のしわざか？〉

〈わかりません〉そう答えるしかありません。データ不足で有意な確率をしめせません。いまのところは仮定による与太話《よたばなし》。アイレンから聞いた情報をいれても不足です。いちおうつけ加えました。〈かもしれません〉

ピン・リーのフィードの声には懸念がこもっています。

〈あのクソどもを忘却のかなたに片づけられる日は来るのか？〉

〝いつかは〟と答えて終わりにしたくないので、こう言いました。

〈タイムラインはしめせませんが、グレイクリス社には他社を抱きこめる資金力はもうありません。あっても手遅れです〉

グレイクリス社は契約した警備会社に命じて元弊社の砲艦を攻撃させ、あまつさえ成功しかけました。元弊社にとって宣戦布告を受けたも同然です。

ファリドが業務エリアにはいって、弊機をみつけ、近づいてきました。

「ええと、お茶を淹《い》れてるんだけど、きみは――」

フィードを一時停止して、そちらに答えました。

「飲食はしません」

「わかった」

ファリドは去りました。

ピン・リーがフィードで続けました。

〈警備局がうちの法律事務所に文書を求めてきたんだけど、それが企業リムと系外政体間の貨物取引と貿易契約についてなのよ。どうやら今回の殺人事件にからんで詐欺や密輸の捜査もしてるらしい。文書の用意ができたらあんたもコピーをほしい？〉

〈ください〉

そこへファリドがもどってきました。今度は手招きしています。

〈行かなくてはいけません〉

〈そっちでも調べておいて〉

そう言ってピン・リーは接続を切りました。

ファリドのあとについて業務エリアを出て、会議室にはいりました。画面は三分割され、インダーとトゥラルがテーブルのむこうに浮かんだ大型ディスプレイを見ています。いずれもターゲットと即応チームの局員が一対一でむきあっています。アイレンはターゲット五号を担当しています（事情に詳しそうなのはやはり五号でしょう）。あとの二人はターゲット二号と四号。一号と三号はまだ医務室のようです。

三つの会議室からのフィードを個別に記録し、気になるところはあとで見なおせるようにしました。アイレンとほかの局員たちはいま、プリザベーション連合領域において逮捕者に認められる諸権利をそれぞれのターゲットに説明しているところです（ずいぶん権利があります。企業リムでステーション警備局に逮捕されていない人間よりも権利が多そうです）。

テーブルのまわりに空いた椅子がいくつもあり、インダーにしめされたところにすわりました。これもすこし――どころか、かなり――奇妙です。警備局で着席しているのです（暴走していない警備ユニットは業務中にすわることは許されません。非番でも人目のある場所ではすわりません）。

ファリド、ティファニー、その他三人の局員は戸口で立ったまま見ています（人間はだれがどこにすわり、なにをするかという規則性が難解です。そのときどきで変わります）（またしても飲みかけのコップや食べかけの皿がテーブルに散乱しています。人間はしょっちゅう飲食します）。

三つのフィードでアイレンと二人の局員が基本的な質問をはじめました。おまえは何者か、プリザベーション・ステーションでなにをしているのか、いったいなにを考えているのかという問いです。

ターゲットたちの説明はおおむね一貫しています。自分たちは商人で、出身はウェイブローガタンという名の独立系ステーション（プリザベーション公共ライブラリのフィードで簡易検索すると実在しました）。小型貨物を積んで定期航路をまわっていて、企業リムには絶対にはいらないし近づかないと断言しました。乗客については絶対に乗せないしお断り。ウェイブローガタンには特別な規制があって、そのライセンスを持っていないのだそうです（ターゲット五号はそう強く主張しました）。

見ていたトゥラルがつぶやきました。

「ステーション職員を人質にとった乗組員が、規制やライセンス尊重を力説するとはね」

「ようするに、乗客と貨物の話はしたくないということだ」

インダーは同意して、取り調べ担当者らへの秘匿フィードをタップしました。弊機はその内容にアクセスできません。ハッキングもしません。すわる席をあたえられただけで、参加者ではないのです。

ターゲット二号を尋問するソワレと四号を担当するマティフの両局員は、旅客用航路とは経路が異なる貨物用航路について質問をはじめました。ターゲットたちは船の積荷と、それをどこで載せてどこで下ろしたのかを詳しく説明しました。

ターゲット五号を担当するアイレンは、決して友好的でない笑みで言いました。

「では、警備局員と港湾管理局の管理者を拉致しようと試みた理由を聞かせて」

「その質問に移るのは早すぎませんか？」

ファリドがインダーに訊くと、上級局員はわずかに首を振りました。

「とはかぎらないぞ」

ターゲット五号は困惑して身震いしています。

「あたしは……あたしたちはなにもしてない。これは誤解で……」

どういうわけか、これは真実の弁明だろうという気がしました。すべてが誤解なのです。

アイレンが言いました。

「反論を聞くまえに言っておくけど、わたしは拉致された警備局員本人だから」

五号は悄然《しょうぜん》として肩を落としました。

「それは……その……」

「上司はいまこの瞬間にプリザベーション・ステーション法務官のところで拉致未遂事件の起訴手続きをしているはずよ」

アイレンの上司はいまこの瞬間に泰然と腕組みをしてディスプレイを見つめているのですが、これは尋問テクニックなのでしょう。見えすいている気もします。しかしこのように勾留されて尋問された経験はありません。そしてこの事件は壮大な愚行ではなく、壮大な勘ちがいという気がしてきました。

アイレンは五号が口角泡を飛ばして反論するのを聞いていましたが、やがて言いました。

「釈明があるなら聞くわよ」

五号は必死のようすで言いました。

「ほんとに貨物を運んでただけなのよ。誤解だった。過剰反応してしまった。フェンとミロはだれも傷つけるつもりはなかった」

「銃を突きつけられた側の感想はそうではないけど」

アイレンはあいかわらず冷ややかで鋭い目つきです。

弊機はこちら側で言いました。

「べつのだれかが来るはずだったのでしょう。顔を知らないだれかが。警備局員だというアイレンの主張を信じなかったのです」

人間たちからいっせいに注目されました。こればかりは不快です。しかしティファニーがうなずき、続いてインダーも言いました。

「わたしもその説に傾きはじめている」

ターゲット二号と四号は貨物運搬ルートについて具体的で詳しい説明をしています。信じてもらおうと努力しています。ただし四号は話がこまかくなりすぎて、三回目の寄港地のところで混乱し、下手なその場しのぎを言いはじめました。これはたんに四号の記憶力の問題でしょう（人間は神経組織に蓄積されたアーカイブに不完全なアクセスしかできません。人間のおかしな言動の多くはこれで説明がつきます）。

インダーは声を出さずにフィードで話しています。アイレンはそれを聞いてから、五号に尋ねました。

「わたしたちをだれだと思ったの？」

五号は顔を赤くして身を乗り出し、白状する姿勢になりました。

「あたしたちが行く中継リングはここみたいに平和なところばかりじゃないのよ。ステーシヨンの従業員に船を乗っ取られることもある。それだと思ったの」

アイレンはその弁明について一抹の信用にあたいするという顔でうなずきました。

「その中継リングは企業リムの？」

「ちがう、ちがう」五号ははげしく身震いする動作とともに強く否定しました。「行ったことはない。許可がいくつも必要で金もいる。そもそも危険よ」

アイレンはしばらくじっと五号を見てから言いました。

「この人物に見覚えは？」

フィード経由で会議室のディスプレイに映されたのは、ルトランの画像です。死体の顔写真ではなく、宿泊施設のカメラに残っていた生前の姿。

会議室では各種のスキャナーが起動していて、画面の脇でリアルタイムの数値が流れています。最初に諸権利を説明したときにアイレンはスキャナーの動作についても話していて、そこまでしなくてもと思いましたが、やはり必要だったようです。五号は写真を見ても、知っているらしい心拍の上昇もその他の神経反応もしめしませんでした。むしろ〝なんの意図でこんなものを見せるのか〟という表情をあからさまに浮かべて顔をしかめました。

「いや……知らないね」

マティフとソワレにも同様の答えが返っています。ターゲット二号はだまされないぞという態度。四号はこの〝チンピラ〟はだれかと逆に質問しています。

人間たちがそろってスキャン結果に注目しているので、弊機は言いました。

「ターゲットたちが嘘をついている可能性は二十パーセント以下です」

処理速度を上げるためにスキャナーの生データが流れるフィードにアクセスしました（提供されているフィードにアクセスするのはハッキングではありません）。

全員がふたたびこちらを見て、ついでインダーを見ました。インダーはターゲット五号を映した画面を見つめたまま、うなずきました。彼女は全体像がわかっているようです。データと比較できればおもしろそうだと思いましたが、これはグレイクリス社と事件が関係ないことの確認にすぎないと思い出しました。それに、人間側はともかく、こちらの手法の改善にはつながりません（人間にとってはなんでも学習になるはずです。こちらが使うのは現場で必要にあわせてでっちあげる応急処置。あとはストレージに残っている元弊社のコード分析ツールです）。

アイレンは無意識に首をかしげて、マティフとソワレからの報告をフィードで聞いています。それから言いました。

「では本人の顔がはっきり映ったものを見せるわ」

今度は死体になったルトランの顔写真です。通路のジャンクションに捨てられて横たわっています。

ターゲット五号はゆっくりと首を振り、目を細めました。

「いいや、知らないね。なぜあたしに訊くんだい？」

ターゲット二号と四号も同様の反応です（正確には、四号はこれらの画像は同一人物なのかと尋ねました。マティフはため息をつきたい衝動を強い意志で抑えているようです）。

アイレンは空中を見る目つきになり、フィードでインダーからの指示を聞いています。注意をもどして言いました。

「被害者の名前はルトラン。発見場所は――」

あとは続きませんでした。スキャナーが強く反応したからです。ターゲット五号はぎくりとする体の反応をなんとか抑えましたが、肌は紅潮し、体液循環が速くなっています。二号は速いまばたきをして、やはり紅潮しました。四号にいたってはつぶやきました。

「まさか」

インダーは小声で言いました。

「ほら、あたりだ」

アイレンは五号に質問しました。

「この男を知ってるの？」

五号は努力して無表情にもどりました。

「知らない」

二号は腕組みをして椅子にふんぞり返りました。

「もう話すことはないわ。さっさと留置場にもどして」

四号は不安顔です。

「こいつのほかはどうなったんだ？」

マティフはいらだって切れそうな表情から、冷静な無表情へ大きく変化しました。スキャナーの計測対象でなくて幸運です。

「調べてやる。全員の名前と特徴を話してくれ」

アイレンとソワレは尋問を中断して、ターゲット四号の供述に耳を傾けました。四号は十人の人間について説明をはじめました。うち三人は未成年とのことです。嘘をつくときは記憶があやふやになりますが、事実の記憶力はいいようで、つくり話には（スキャナーの数値からも）思えません。

マティフはフィードが詳細を記録しているのを確認してから身を乗り出しました。

「この十人がルトランと行動をともにしていたはずだというのか？」

「ルトランは彼らを帰らせることになっていた。故郷にな」四号はテーブルをとんとんと叩きました。「名前だけで顔は知らなかった。芋づる式につかまらないように接触を制限してたんだ」

「だれにつかまるんだ？」

「ブレハーだよ。ブレハーなんとかだ」

人間たちがインターフェースへのアクセスでもたついているあいだに、こちらで手早く公共ライブラリを検索しました。

「ブレハーウォールハン社のことでしょう。採掘企業で――」さらに検索結果を読みこんで関連を調べました。ああ、大きな関連があります。「――さらにウェイブローガタンからワームホール一回ジャンプ、二十八サイクル日で到達できる星系を所有しています」

インダーは顔全体をゆがめました。かわりにトゥラルがつぶやきました。

「貨物は人だったのか。ラロウ号は人を密輸してたんだ」

ソワレはターゲット二号を留置場に連れていきました。アイレンは空中をにらんでマティフのフィードを聞いています。ターゲット五号はそのようすを見てしだいに驚いた顔になり、あせったようすで言いました。

「ミロがしゃべってるのね。あいつなのね？」

インダーは弊機が調べた情報をマティフに伝えました。マティフは四号に質問しました。

「その十人はブレハーウォールハン社から連れてきたのか？」

「そうだよ。奴隷だ。ほんとはべつの呼び方をするらしいけど、ようするに奴隷だろ？　実質はそうだ。岩のなかで働かされてよ」

ターゲット四号の供述と弊機の検索結果をあわせると、こういうことです。ブレハーウォールハン社は小惑星帯で採掘事業をいとなんでいます。その方式では契約労働者は小惑星から小惑星へ移動しながら仕事をしますが、小惑星帯以外へは行けませんし、星系からはもちろん出られません。物資の補給はすべてブレハーウォールハン社が握っています。

しかしだれかが（四号は具体的な名前を言いたくないのか、そもそも知らないようです）ある作戦をはじめました。契約労働者たちは小惑星帯の端まで移動して待機する。そこへ船がこっそり接近して拾い上げ、ワームホール経由で連れ去る。ターゲットたちのラロウ号はある場所で接触して労働者たちを引きとり、ステーションまで運ぶ。労働者たちはそこから次の逃亡ルートへむかうというわけです。

マティフは興味をしめしつつも懐疑的です。

「企業人に気づかれないのか？　一度にそんなに多くの人間たちを連れ出して」

四号は平然としています。

「連れていくのは奴隷の子どもたちなんだよ。奴隷たちは小惑星暮らしが長くて、生まれたガキどもが俺より年上になってるくらいだ」

弊機の背後でティファニーが愕然《がくぜん》としています。

「なんですって？」

画面のなかでマティフがさえぎりました。

「待て待て。つまりこういうことか。その人々は年季奉公契約労働者として小惑星帯に来て、そのまま家庭を持って子どもが生まれるほど長期間拘束されている。そして子どもは生まれたときから奴隷契約に組みこまれ、星系を去ることは許されないと？」

四号は大きな手をテーブルの上で広げました。

「あきれるよな。びっくりだ。だから俺たちはこういう活動をしてるんだ。俺の先祖も遠い遠い昔の契約労働者だった。そこから脱出して船を買ったんだ」

アイレンがターゲット五号の質問に答えました。

「そうよ。彼はなにもかも話しはじめた」

「あいつは頭に障害があるんだ」

苦しい言い逃れをする五号に、アイレンは不快な顔をしました。

「とても筋道立った話に聞こえるけど」

そこでインダーがふたたび声を出さずにフィードでアイレンに耳打ちしました。それを受けてアイレンは続けました。

「かりにあなたたちが報酬を受けてその人々をここに運んだのだとしても、罪にはならない。また契約労働難民はプリザベーションにおいて不法滞在とは扱われない。その人々の居場所を教えてくれれば適切な支援をするわ。でもそのまえに、ルトランがこの件にどうかかわっていたのか説明しなさい」

マティフもちょうどおなじ質問に移っています。

「ルトランはどう関係するんだ?」

ターゲット四号は答えました。

「首謀者だよ。作戦の立案者だ。このあとのルートもあいつが手配することになってた」

「次のルートはどんな予定だったんだ?」

四号は両手を上げました。

「知らねえよ。こっちが聞きたい」

ターゲット五号は椅子に深くすわってアイレンに説明しています。

「ルトランは接触相手だよ。行き先がどのステーションでも、引き渡す相手はあいつだった」暗い顔で続けます。「それが殺されたってことは、あたしたちについても知られたわけだね」

弊機はこちらで言いました。

「犯人はブレハーウォールハン社の工作員ですね」

断定ではなく推定ですが、可能性は八十五パーセント以上です。

インダーがディスプレイにむけて指を振ると、アイレンとマティフは尋問を中断しました。

「とはかぎらないぞ。あの船でなにがあったのか、調べはまだついていない。わかってるのは、ルトランが乗ってきたこと、ラロウ号と貨物輸送契約を結んでいたこと、そしてルトランが船内で殺されたことだ。それらからなにがわかる?」

トゥラルが答えました。

「難民たちはあの船に乗り換えて次の目的地へ運ばれる予定だったのでしょう」あいまいなしぐさで続けます。「難民たちは船にたどり着けなかったのか。それともおなじく殺されて……死体をまだ発見できていないだけなのか」

インダーは顔をしかめました。

「難民たちがルトランを殺した可能性もある。なんらかの要求をされたのかもしれない。手数料とか」

「商用ドックの監視カメラ映像からはなにかわかりましたか?」

弊機がこう尋ねたのは、もちろん、かまをかけたのです。問題の映像は港湾管理局システムから警備局システムへ送られたばかりだと、業務エリアに残置したドローンでわかっています。そして捜査関係者以外はいまのところファイルのダウンロードを禁じられています。インダーがこちらを見ました。質問の意図を察しているようすです。

「映像を見たいのならはっきりそう言えばいい」

そしてトゥラルにむかってうなずきました。

まわりくどいことをしてしまったようです。

トゥラルが警備局のフィードで弊機のIDを映像のダウンロード許可リストにいれました。アクセス方法と再生方法を説明してくれているあいだに、こちらはさっさと入手して作業をはじめました。

インダーは手を振って尋問を再開させましたが、新たに引き出せることはあまりありませんでした。ターゲット五号は白旗をかかげて、四号の説明を全面的に認めはじめました。下船後の難民たちの行方は知らされていないと、どちらも主張しています。ルトランがこのステーションから安全地帯へ案内すると聞かされていたようです。

こちらとしては難民たちが、

(a)殺害されたか、

(b)殺害したか、

いずれにせよ所在確認の必要があります。ラロウ号のドッキングエリア周辺の映像を集中的に見はじめて一・三分後に、下船する難民たちの姿をとらえました。ターゲット四号が口頭でマティフに説明した人相や特徴より役に立ちますが、カメラ映像からの推定はボディスキャンほど完全ではありません。

難民たちは作業服姿で、荷物は数人が小さなバッグを肩からかけている程度。途方に暮れたようすで、しょっちゅう立ち止まってはフィードマーカーを手探りし、ゆっくり移動しています。こういうステーションは初めてのようです（小惑星帯に散らばった契約労働者用施設から出たことがないのなら当然です）。

しかしそのことが人目を惹いてはいません。さまざまな出発地の船からたくさんの人間がこの乗下船エリアに下りて右往左往し、さらに定期航路の商船からも騒々しい乗組員の大集団が出てきました。三隻の貨物船は荷下ろしをはじめ、仕事の手際がよかったり悪かったりで混乱に拍車をかけています。

ラロウ号はおそらくドックがこのように混雑するときを狙って、難民たちを人ごみにまぎれさせたのでしょう。港湾管理局の職員は貨物ボットと人間の事故が起きないように交通整理するのに忙しくて、とまどいながらもおとなしく乗下船エリアを横切る集団には注意していません。

難民たちがラロウ号から下りて一分後に、ルトランが商用ドックにはいってくる姿がありました。それから十七分後にはドックから去るようすが映っていました。ドック内ではどのカメラにも映らないようにたくみに移動したらしく、ここでの行動はわかりません。死んでしまったとは惜しい。人間にしては優秀です。

難民たちの画像をインダーとトゥラルに送って、商用ドックの出口付近のカメラ映像を調べはじめました。難民たちの行き先の手がかりをつかむためです。

しかし不審なことに気づきました。

映像を前後に早まわしし、編集跡などの不連続点を探しましたが、ますますおかしい。ターゲットたちは留置場の独房にもどされました。アイレンとマティフとソワレはこちらの会議室にもどって、インダーとトゥラルに取り調べ内容を声高に報告していますが、役に立つ情報はもうありません。弊機は言いました。

「彼らは商用ドックから出ていません」

「なんだと?」

インダーがこちらにむきなおりました。

大型ディスプレイの一つに映像を出しました。二つの出口のようすを早送りで見せながら、人間、強化人間、ボットが映るたびに二秒ずつ停止させました。

「難民集団のだれも商用ドックから出た形跡がありません。ドッキングエリアのカメラにも出口のカメラにも映らないところで、姿を消しています」

人間たちは映像を凝視しています。アイレンは見やすい位置に移動してきました。

「服装を変えたとか……」ソワレが言いかけました。

「体型が一致しません」

監視カメラは精査するときに比較しやすいように同一基準で調整されています。警備システムは身許のわかっている人間と強化人間（警備局員、港湾管理局員、プリザベーションに定期的に寄港する商船の乗組員）にフィードIDをタグ付けしています。それによって早まわし映像のなかでも注釈をつけています。問題の時間内に宇宙港の出口を通った身許不明の人間は七人だけ。いずれもシステムが難民たちの映像から推定した体型とは一致しません。それどころか身許不明の七人はまもなく宇宙港にもどっています。ドッキングエリアのカメラで確認すると、それぞれの船に帰っています。

アイレンは首を振って、椅子にかけたジャケットに手を伸ばしました。罵り言葉の連発をこらえている表情です。

「現場へ行って探すしかないわね」

外へ出ていないなら、まだいるはずということになります。

いずれにせよ、ルトラン殺害にグレイクリス社がからんでいる可能性は急速に低下しました。弊機は捜査から離脱して警備局から去ってもいいはずです。メディアの続きを観ながらメンサーの身辺を見張る生活にもどればいい。そうすべきです。このあとは警備局の仕事。弊機は用ずみ。謎めいた警備ユニットらしく席を立って去る。そうしてかまわないようにピン・リーが雇用契約を書いてくれました。だからそうすればいい。

しかしそうしませんでした。

これ以上調べてもこちらに利益はありません。それでも、インダーが即応チーム全員に商用ドックの捜索命令を出すのを待って、言いました。

「警備局と港湾管理局とその関連システムに、診断分析をかけたことはありますか？」

アイレンとマティフとソワレは装備を取りに会議室を出ようとしていました。トゥラルはフィードで技術員チームに指示を出しています。アイレンが足を止めましたが、インダーはさっさと行けと手を振りました。

彼らが去ってドアが閉まってから、インダーはいらだったようすで答えました。

「いいや。おまえに質問されて答えたときから状況は変わっていない。システムエンジニアがハッキングの有無を調査したが、なにもみつからなかった。通知は出ていない」

通知？　最初の答えにはなかった言葉です。

「システムエンジニアは、通知に頼っているのですか?」

トゥラルがこちらの会話に聞き耳を立てています。〝よその担当者が怒られる案件発生〟という、よくある逃げ腰の表情です。

インダーは抑揚を抑えて答えました。

「知らない。彼らの見解ではハッキングはないそうだ」

「ステーションの安全を左右する問題であることにかんがみて、第三者にセカンドオピニオンを求めたいとは思いませんか?」

やや緊張をはらむ沈黙がありました。

「システムにアクセスしたいのか?」

理由はいくらでもあります。脅威評価モジュールによればジャミング装置がこのステーションにある確率は三十五パーセントにすぎません(そのような装置は八十六パーセントの確率でどこかに存在するはずですが、警備会社といえども簡単には入手できないはずです。もし簡単に入手できるなら、元弊社は対抗策を警備システムに導入しているはずですし、弊機が知らないわけがないというのが最大の理由です。もちろん記憶消去されたときにいっしょに消されたとか、企業リムの外でのみ入手できるという可能性もありますが)。もしもだれかが宇宙港のシステム深部に侵入して監視カメラ映像を改竄《かいざん》できるのなら、ほかにどんなことてもやれるし、すでにやっているはずです。

この状況で警備局にとってもっとも有用なリソースである弊機がいながら、インダーは怖いからという理由で使わないつもりかと指摘もできたでしょう。

こう答えました。

「そうです。ハッキングの有無を調べるために」

トゥラルが居心地悪そうに身じろぎしました。そして勇気を出して進言しました。

「やはり確認したほうがいいのでは。もし監視カメラが干渉されていたら、見当ちがいの捜索をするはめになります」

インダーはなかなか答えません。もし拒否されたら……と考えました。漠然とした屈辱を感じるでしょう。ありていにいって愚か者の気分になるでしょう。これまでのことが水の泡になって不愉快になるでしょう。

インダーは言いました。

「アクセス権限はどこまで必要だ？　所要時間は？」

なるほど、そこですか。

「管理者権限を。五分以内に」

まあ、五分はばかげて長い時間です。それでもこの機会に隅々まで確認したいのです。

インダーは答えません。おそらく〝こいつはステーションを乗っ取って人間を皆殺しにする気だ〟という懸念と、〝悪くない提案かもしれない〟という考えが四対六でせめぎあっているはずです。ようやく答えました。

「たった五分でいいのか?」

「弊機は速いので。もしドックの監視カメラシステムがハッキングされていたら、港湾管理局のシステム全体が汚染されているでしょう」

「辛辣に指摘しなくても影響範囲はわかっている。しかし警備局のシステムにはデータ保護がかかっているから――」

おやおや、データ保護ときましたか。データ保護がどの程度のものか。よその警備システムがどうなったか。すこし教えてあげましょう。

「みなさんそうおっしゃいます。弊機がトランローリンハイファへ踏みこみ、メンサー博士を連れて出てきたときも、彼らはまさしくそう言っていました」

(たしかにこの言い方は芝居がかっていて不正確です。メンサー博士は裸足で命からがらでしたし、弊機はラッティとグラシンの肩を借りてようやく歩いていました。しかし要点はそこではありません)

インダーは疑わしげに唇をゆがめました。そうですか、いいでしょう。

「警備局の業務エリアのシステムは侵入の有無を監視しているのでしたね？」

インダーは眉をひそめました。

「そうだが」

警備局の業務エリアを選んだのは、高度な警備システムが組まれていて、港湾管理局とは接続していないからです。だから簡単なデモをやっても悪者には気づかれないはずです。手段はいくつかあります。メンサーに最初にこのステーションに連れてこられたときに、システムにはいって軽くあちこちをさわりました。金輪際手を出さないなどと愚かな約束をするまえでした。それを使うことにしました。

業務エリアのすべてのディスプレイの映像と音声の制御を奪いました。すぐに人間たちの驚き騒ぐ声が、開けっ放しのドアのむこうから聞こえてきました。インダーがこちらをにらみます。

「いったいなにを――」

会議室のディスプレイにむこうのカメラ映像を映しました。業務エリアの中央でステーション全体の安全システムを表示している大型ホロマップが消えて、『サンクチュアリームーンの盛衰』第二百五十六話が流れています。冒頭から三十二・三分経過時点。弁護士と彼女のボディガードと人事部長がおたがいの関係について口論しているとき、シャトルベイに盗賊船が突入してきてそれどころではなくなる場面です。

捜索に出る準備をしていたティファニーやアイレンたちは、これを茫然《ぼうぜん》と見ました。「いったいこれは?」とだれかのつぶやき。

インダーの顔は……見物《みもの》でした。会議室のディスプレイをしめします。

「いったいどうやってむこうの部屋を映してるんだ。監視カメラはないはずだぞ」

ドローンのカメラを使うこともできましたが、それでは侵入デモになりません。

「ファリドのベストについているボディカメラです」

インダーは渋面になりました。

「わかったから、画面をもとにもどせ。そしてシステムのハッキング調査をしてくれ」

こんなふうに大見得《おおみえ》を切って六分も調べたのに、宇宙港の監視システムはハッキングされていませんでした。なにもみつかりません。ログの異状、不審な削除跡、異質なコード。なにもなし。

# 6

無事でよかったではありませんか。

なにかを見逃しているはずです。弊機は頭の一部に人間の神経組織がはいっているせいで知能が低いのかもしれません。こんなロボットは元弊社から逃げ出さずに、契約労働者を警備しながら壁を見つめているべきだったのでしょう。

さいわいにもインダーとトゥラルは捜索用の装備を取りに業務エリアへ行っています。おかげで比較的プライバシーのある環境で感情を顔に出すことができました。

捜査チームに残ると決めたのに、いまは去ればよかったと思っています。正しい判断だと思ったのに。

業務エリアへ行ってインダーに報告しました。

「ハッキングはありませんでした。監視システムは正常です」

なにか言われると思いました。具体的にはわかりません。しかしインダーの顔をよぎったのはわずかな失望だけで、批判はありませんでした。渋面でこちらのシステム権限をフィードド経由で取り消しました。

アイレンが防護ベストをつけながら隣の部屋から来ました。

「非番の連中も自主的に出て手伝うようです。港湾管理局のガミラ管理者も協力するとのことです」

「わかった。総出だな」インダーはこちらを見ました。「警備ユニットも」

もちろん行きます。

鑑識班はまだラロウ号を調べています。インダーは〝死体処理の痕跡〟を探せとフィードで指示しました。難民たちは宇宙港でラロウ号の乗組員によって殺され、死体はひそかに船内へもどされたという仮説があるからです。

（十人分もの死体を処理できるのなら、ルトランの死体はなぜ放置したのかという疑問は当然あります。しかしあらゆる可能性をつぶしていく過程ではばかげた仮説も考慮の対象です）

ブレハーウォールハン社の採掘場付近からここまで、たしかにラロウ号に難民たちが乗っていたらしい証拠を鑑識班はすでにみつけています。船のリサイクル装置のデータを見ると、その行程で十五人分以上の廃棄物と水の転換処理をしたことがわかります。船内に積まれた物資にも寝具や食料が不自然に多く、未成年者が好むゲームもありました。

（それでも納得しにくい仮説なのはたしかです。わざわざ生かして、比較的快適な環境を用意して運んで下船させたのに、そのあとなぜ殺すのでしょうか。そうしろとラロウ号の乗組員が金で命じられていたのなら仮説は成り立ちます。その場合の通貨の支払いはステーションでおこなわれないでしょうから、確認のしようがありません）

警備局がラロウ号を出港禁止にできるのはプリザベーション時間で一サイクル日にかぎられます。それをすぎて乗組員を起訴できなければ釈放せざるをえません。インダーがその気になれば、アイレンとガミラ管理者を拉致監禁した容疑で起訴して捜査を続けることも可能でしょう。しかし彼女にその気はないようです。商用ドックへ出発する特別編成の捜査チームに次のように言いました。

「この茶番劇にいくばくか真実があって、この船がブレハーウォールハン社にとらわれた人人の命綱だとしたら、乗組員は起訴せず釈放したい。それまではこの捜査情報を系外ニュースフィードに流されたくない。いつもなら問題にならないが――」インダーは眉を上げてこちらを見ました。「――最近は企業リムから注目されているようだからな」

弊機のせいだと言いたげです。インダーは続けました。

「もう認識していると思うが、今回の殺人事件と行方不明事件は、地元出身者の単独犯とは考えにくい。もっとも疑われるのはブレハーウォールハン企業政体の複数の工作員であり、難民救出作戦を阻止する目的での活動だろう。その工作員は宇宙港閉鎖でステーション内に足留めされているはずだ」

おおむね同意できますが、最後の〝足留めされているはず〟というのはどうでしょうか。断定する気にはなれません。しょせんは人間やボットや、弊機がアクセスできないシステムしだいです。

アイレンは宇宙港の船をしらみつぶしに調べるために、新たに二班を編成しました。ただ警備局もそろそろ人手不足です。ドッキングせずにステーション周辺で待機している船もあります。港湾閉鎖令が出たときに接近中ないし出港途中だった船です。ドッキング中の船からなにもみつからなければ、次は出港途中だった船を調べることになるでしょう。即応船がステーション周辺を警戒して出港を阻止しているとはいえ、てんやわんやの大騒ぎになりそうです。

各班のフィードを聞くと、ドッキング中の船はひとまず捜索に協力的です。各船への説明は、〝ステーションで暴力行為をおこなった集団に属する成人または未成年者〟を捜索中としていて、おおむね真実といえます。

弊機は船の捜索に参加しませんでした。捜索班が警備ユニットをともなって船に乗りこんだら、〝パニックと抵抗〟を引き起こすと人間たちは判断しました（おやおや。でしたら捜索班が人質にとられたときにあらためて意見を聞きましょうか）。

というわけで、弊機は宇宙港の汎用エリアの捜索を、危険物取り扱い技術者と貨物ボットといっしょにやることになりました。貨物モジュールは簡易なエンジンがついていますが、ステーション内で稼働させるわけにはいかないので、貨物ボットが持ち上げて移動させ、技術者が内部をあらためるという手順になります。

このエリアは中継リングでも年代が古く、もっともステーション寄りにあります。年代物の貨物倉庫、安全管理機器の保管庫、長らく物置にされている事務所跡などが並んでいます。

技術者の一人がつぶやきました。

「映像を撮っておけばそのまま歴史ドキュメンタリーになるな」

べつの技術者がこちらへ来ました。

「ええと、警備ユニット、このキャビネットを動かすのを手伝ってほしいんだけど」

そういう気分ではありません。

「そんな仕事はべつのだれかに頼めばいいでしょう」

「いや、狭くてジョリーベイビーははいれないんだ」

そう言って、見上げるほど大きな貨物ボットをしめしました。

「これを〝陽気なかわいこちゃん《ジョリーベイビー》〟と呼ぶのですか」

とうていふさわしくない名前です。しゃがんだ姿勢で高さ五メートル。坑道掘削機の移動型といった無骨な姿です。

ところがジョリーベイビーはフィードで、〈ID＝ジョリーベイビー〉と通知してきました。すると貨物ボットをはじめとして、このベイでドローン以上の処理能力を持つあらゆる機械類がピンを打ってきました。楽しげな顔文字までついて、まるで仲間内の愉快な遊びのようです。

「からかうのはやめてください」

エアロックから身を投げたいほど落ちこんでいたのに、ますますひどい気分になりました（人間がボットを幼児呼びするのも不愉快なのに、ボットどうしで幼児呼びなど最悪です）。

ジョリーベイビーは弊機に非公開接続をしてきました。

〈前回のメッセージ＝冗談〉

そして本来のＩＤである固定フィードアドレスを送ってきました。やはり内輪のふざけた冗談だったのです。そうとわかっても不愉快なものは不愉快です。

人間は、まいったなという顔でこちらを見ています。そこで言ってやりました。

「港湾管理局のボットはどこにいるんですか？　おあつらえむきの仕事でしょう」

何本もある腕はハッチを押さえておく以外にも便利に使えるはずです。

人間はあいまいに肩をすくめました。

「管理局の管理者に同行してるんだろう。このへんで働くやつじゃないんだ」

ジョリーベイビーがまた非公開メッセージを送ってきました。

〈バリン＃貨物ボット、バリン＝貨物管理機〉

重量物を持ち上げるのはバリンの仕事ではないということですか。クソったれのバリン。

「わかりました……その不愉快なキャビネットはどこですか？」

捜査班のチャンネルでマティフがインダーに言っています。

〈宇宙港のカメラに干渉できる装置を難民たちが本当に持っていたんでしょうか〉マティフもルトラン殺害犯は難民ではないと考えているわけです。さらに続けました。〈そのうえ船に浮上カートを呼んで、死体を運んで捨てさせたと？　やはりもともとステーションにいただれかが手配したと考えるべきでは？〉

トゥラルとアイレンの会話も聞こえてきました。トゥラルが言っています。

〈難民の目的地はここでもよかったはずです。なぜわざわざ船を乗り換えてよそへ?〉

〈あとに続く集団はそうするかもね。でもすべての集団をここへ避難させるわけにはいかないわ。単純な作戦は露呈しやすくなる〉

事件の時間帯に惑星へ下りたシャトルや、星系内のべつの目的地へ飛んだ系内船はありません。難民たちが宇宙空間に遺棄された可能性については、ステーション外部のスキャン結果待ちですが、いまのところ高くないと考えられます。

港湾管理局の監視システムのデータが改竄されていないかぎり、難民たちは宇宙港から出ていないし、ルトラン殺害犯は外から船に乗りこんでいません。そしてハッキングはないと弊機は確認ずみ。

完全に……手詰まりです。

こんなハッキングができるのは警備ユニット——とくに戦闘ユニットでしょう。もしこれが難民流出を阻止したいブレハーウォールハン社の工作なら、戦闘ユニットを運用できる警備会社と契約するはずです。弊機がかつてミルー星で演技したのとおなじやり方。つまり、ステーションのどこかに潜入した人間の管理者の指示を受けながら、ユニットはほぼ自律行動する。港湾管理局のシステムでその痕跡を発見できなかったのは、検査した弊機の能力不足ということです。

どうすればいいのか。メンサーに連絡して助言を求めることもできます。それはつまり、失敗の尻拭いを依頼するわけです。しかしそもそもハッキングの証拠がみつからず、自分の無実も証明できないとなると、尻拭いはメンサーにも難しいかもしれません。

通話回線で技術員の一人が呼びかけました。古いドックに積み上げられたガラクタを見て歴史ドキュメンタリーがどうのと意見を言ったやつです。

「アイレン局員、空《から》の貨物モジュールについて困ったことがあるんですが」

アイレンはいらだったようすで答えました。

「どうしたの？」

「在庫リストとつきあわせると一個が所在不明なのです。おそらく移送のためにステーション外に出ていると思われるので、呼びもどして確認を――」

思わずチャンネルに割りこみました。

「所在不明のモジュール？」

同時にインダーとアイレンとソワレもおなじことを叫びました。マティフはすでに港湾管理局に連絡して、予備モジュールの使用記録と、空のモジュールがステーション外にあるかどうかの確認を求めています。

「だれが移送を承認したのかも訊いて」

ソワレがマティフに頼んでいます。同時にアイレンも訊きました。

「そのモジュールは与圧可なのね？」

「可能です」

かわりに弊機が答えました。すでに古い倉庫エリアから乗下船エリアのほうへ歩きはじめています。歴史ドキュメンタリーは弊機がいなくても勝手にできるでしょう。たとえ弊機が無用でも、重要な現場で無用と宣告されるほうがましです。

インダーが命じました。

「そのモジュールを探せ」

人間たちのいう〝移動指揮所〟にたどり着きました。携帯式の港湾管理局端末とディスプレイがあり、中継リングの全交通データにアクセスできます。インダーと港湾管理局のガミラ管理者がそのまえに並んで立ち、アイレン、トゥラル、その他の局員や技術員があちこちから駆けよってきます。ガミラはフィードで端末を操作し、その頭上に浮かぶディスプレイにはステーション外壁をとらえたセンサー画面が次々と切り替わりながら映っています。弊機は監視任務についている即応船から生中継フィードを拾って、別センサーの視野として提供しました。

ガミラは即応船のだれかと話しています。

「それじゃない。そのモジュールは静かな岸辺を歩く号《ウォークス・サイレント・ショアズ》にむけた予定どおりの移送貨物で問題ない。探しているのは未登録のモジュールで――」

マティフが警備局のフィードで報告しました。

〈正規の移送貨物のなかに見あたりません。行方不明です〉

〈記録を不正に消されたのよ〉ソワレが指摘しました。

〈局員たちは今回にかぎって迅速に対応しているように見えますが、これは貨物の安全管理や、密輸品および危険物の摘発が本来の業務だからです。酩酊して暴力的になった人間を黙らせるのも得意なはずです〉

走ってドックを横断して息を切らせたアイレンが、トゥラルに尋ねました。

「ああいうモジュールに恒久的な生命維持装置を組みこめるものなの？」

「理屈のうえでは可能だと思いますが――」彼人は心配顔で答えました。「――応急工事ではどうでしょうか。ただの貨物モジュールですからね。与圧はできますし、呼吸はいちおうできても……長期的には……」

呼吸が必要な生物を運搬するために設計されていないので、一サイクル日を超えては保証できないということです。もし難民たちが押しこめられているのなら猶予はありません。

商用ドックから船までの短時間の移動ならいいのです。ここのような小規模な中継リングなら移送時間はせいぜい三十分。ステーションの反対側からひそかに運ぶには理想的な手段です。姿をくらませ、企業の追跡を振りきりたいなら最適といえます。

「最初からこういう罠だったということは？」ティファニーがひそひそ声で隣のファリドに言いました。二人はたまたま弊機のそばに立っています。「難民たちを連れてきて、モジュールに乗せて殺す……」

ファリドは答えました
「手がこみすぎてるよ。脱出を試みる人々を殺したいだけなら」

まあ、そのとおりでしょう。ラロウ号は難民たちを安全圏への次の行程まで送り届けるつもりだったはずです。そのためにルトランという名前だけ知って顔は知らない接触相手に引き渡しました。乗下船エリアで混乱や争いは報告されておらず、監視カメラにも騒ぎは映っていないので、難民たちは危険を感じてはいなかったわけです。

となると、現状で考えられる仮説は次のようなものです。ルトランは難民たちと会い、貨物モジュールに乗せた。モジュールは商用ドックから、彼の貨物船が待つ旅客ドックへ移送されることになっていた（移送はすべてボットまかせです。積み込みが終わったモジュールを貨物ボットはエアロックへ運び、外へ押し出します。無動力モジュールなら運搬ボットが船まで運んで接続します。動力モジュールであれば、運搬ボットはステーション周辺の既定の軌道の出発点に据えてゴーサインを出すだけ。あとはモジュールが勝手に船まで飛びます。到着先ではべつの運搬ボットか、または適切な設備をそなえた船自身がモジュールを受けとめて接続します)。難民たちがモジュールに安全に乗りこんだことを確認すると、ルトランは自分の船へもどったでしょう。モジュールが到着したら適正に接続し、難民たちを船内に移せばいいだけ。ところがそうはならず、モジュールはどこかべつのところへ行ってしまったのです。そして船内にはべつのだれかが乗っていて、ルトランは殺された。犯人は港湾管理局のシステムをハッキングしていて、ルトランのモジュール移送の記録を抹消した……。

このシナリオがもっとも妥当でしょう。可能性は八十六パーセントにもなります。ただしこれが成立するには、犯人が、

(1)ルトランの船をハッキングしている。

(2)港湾管理局の監視カメラシステムをハッキングしている。

(3)港湾管理局の移送記録をハッキングしている。

この三つが条件です。

では問題のモジュールはどこにあるのか。ステーションの外を漂流しているわけではないはずです。それなら即応船がすぐにみつけます。見かけ上は正規の目的地へ移送されたようになっているでしょう。だからステーション周辺の交通をスキャンし、監視しているシステ

ムは警報を出さなかったのです。

つまりどこかの船に接続しているはずです。

その船とブレハーウォールハン社の工作員はステーション周辺にいます。ルトランの死体発見で港湾閉鎖令が出て出港停止になっているはずです。たいていのステーションは構内で死体が出たくらいで中継リングを閉鎖しませんが、ここは身許不明の死体が発見されるのがきわめてまれなステーションなのです。

ブレハーウォールハン社の船は逃亡を試みておらず、即応船と交戦もしていません。つまりインダーの処置は正しく、彼らの狙いは隠密《おんみつ》行動なのです。ラロウ号はこのまま泳がせて、救出作戦の一端をになわせておきたい。ブレハーウォールハン社の工作員の狙いは、難民たちが運ばれるすべてのルートとステーションを確認し、最後は採掘場の小惑星帯にあるはずの難民の回収地点も押さえること。

この推理から導かれる結論は……まずい。

となると……この捜索は止めるべきです。

メンサーに連絡してインダーを説得してもらう手もあります。可能ですが、それではまるでメンサーの末っ子がカボチャの揚げ菓子を独り占めする年長の子たちを叱ってほしいと通話回線で訴えるような具合になってしまいます。メンサーはもちろんインダーに命令できる立場ですが、結局は無駄かもしれません。意にそまないことをインダーにやらせるのは失敗するシナリオです（人間の反応にうとい弊機でもわかります）。

肝心なのはインダーを納得させることです。そのためにはこちらから話さなくてはいけません。よく考えると、これまで対話を試みたことすらありませんでした。

秘匿フィードをインダーにつないで言いました。

〈インダー上級局員、この捜索は中止してください。モジュールが接続しているのはステーションから離れて待機中の船のはずです。そのモジュールをこちらが発見したとわかったら、ブレハーウォールハン社の工作員は難民を殺して逃走するでしょう。港湾管理局のシステムは全面的に汚染されていると考えなくてはなりません。あなたと局員たちの会話は、宇宙港のカメラと管理者ガミラの通話回線を通じていまこのときも問題の船に聞かれているはずです。その傍受中にモジュールの行方がつきとめられたら――〉

〈ハッキングはないとおまえは言ったはずだ〉インダーは反論しました。

〈誤りでした。システムに痕跡を残さない巧妙な相手にやられました。弊機と同等かもっと凄腕《すごうで》のハッカーです〉（認めるのは忸怩《じくじ》たる思いです）

アイレンが話しかけようとしましたが、インダーは手を上げてフィードで会話中であることをしめしました。目を細め、唇を固く結んでいます。この表情がなにを意味するのかわかりません。

〈いまこの会話をハッカーが聞いていないと断言できるのか?〉

傍受する者はかならず抹殺するのでだいじょうぶと言いたかったのですが、やめました。

〈弊機の内部システムなので秘匿できます。港湾管理局や警備局のシステムでは無理です〉

インダーはしばしためらってから、全体通話に切り替えて言いました。

「アイレン、ちょっと来い。態勢を立てなおす。モジュールについて勘ちがいがあったようだ」さらにマティフにも指示しました。「捜索班に宇宙港の調べを再開させろ。範囲を旅客ドックまで広げる」

マティフはソワレと目を見かわしました。あきらかに不審げです。

「まあ、いいですけど。いや、その、了解です、上級局員」

インダーとアイレンはすでにその場から歩きだしています。弊機はついていきました。インダーは声をひそめてアイレンに言いました。

「通話回線を切れ」

アイレンはすぐにしたがいました。その態度はドローンのカメラで見てもあきらかに変化しています。混乱して反論したいようすから、混乱しつつも反論を控えるようすになっています。

インダーはこちらへも言いました。

「警備ユニット、ステーションの即応船へ秘匿接続する手段はあるのか」

「あります。こちらです」

案内しながら、メンサー博士のフィードへ秘匿接続しました。

〈こんにちは。お願いがあります〉

ドローンの専任部隊で、博士はモールの反対側にある評議会オフィスにとどまっているとわかっています。フィードを探って博士は答えました。

〈どうしたの?〉

〈博士の私用オフィスをインダー上級局員らとともに使わせてください〉

メンサーの私用オフィスはすぐ近くにあり、港湾管理局がある行政ブロックのなかです。このオフィスの通話回線と保安モニターは、警備局や港湾管理局のシステムとつながっておらず、評議会用の独立した防護システムになっています。

さらにここの安全性は筋金入りです。メンサーの希望にしたがって弊機が手がけた最初の仕事の一つで、〝企業やその他の侵入を寄せつけない最新式〟になっています。自分が安全を制御できる場所に足を踏みいれたときの安心感は格別です。ロビーのタイル張りの床を歩きながら、背中の有機組織の緊張がほどけるのを感じました。メンサーが職員にあらかじめ通知しておいてくれたのですんなりはいれました。監視カメラには念のために映らないように操作してあります。

秘書の一人が奥のオフィスに通してくれました。官公庁前広場に面したバルコニーに出るガラス扉は閉めて不透明化されています。秘書は弊機をよく知っており、内密に行動する評議会関係者にも慣れているので、頭上のドローンには目もくれず、うなずいて一行を入室させるとすぐに退がりました。ドアを閉めるまぎわに言い残しました。

「受付エリアにいますから、ご用がすみましたらメッセージをください」

そしてドアにプライバシー封印を設定していきました。

インダーは過去にここへ来たことがありますが、アイレンは初めてらしく、家族の画像や植物をきょろきょろ見ています(居心地のいいオフィスで、弊機はここのソファで多くの時間をすごします)。

フィードを使って安全な端末を開き、デスクの上に大きな空中ディスプレイを投影しました。インダーとメンサーには秘匿チャンネルをつなぎます。メンサーは評議会オフィスで秘匿フィードを使っています。準備が整ったところで即応船を呼びました。つながると接続を開きました。

インダーは、ステーション周辺で待機する船をスキャンするように即応船に命じて、めあてのモジュールの詳しい仕様を送りました。港湾管理局のシステムは汚染されている恐れが強いため、連絡相手はインダーまたはアイレンに限定。連絡手段は警備局のシステムではなく評議会システムを使います。即応船は評議会の確認を求め、メンサーが命令を承認しました。やるべきことを終えたメンサーはチャンネルから退出。助力が必要なときはいつでも連絡するようにとインダーに伝え、インダーはこれに感謝しました。

こうしてオフィスには弊機とアイレンとインダーの三者が残りました。おたがいににらみあって……というよりも、二人がこちらをにらみ、こちらはドローンで二人を見ています。

アイレンが訊きました。

「本当に両方のシステムが汚染されているのでしょうか」

インダーは渋面で腕組みをしています。そのようすからようやく気づきました。もしこの前提からまちがっていたらとんだ醜態だと心配しているのです。インダーは言いました。

「そうだ。そう考えるのが妥当だ」

この部屋にむけた通話回線やフィードはすべて管理しています。港湾管理局のボットのバリンが持つフィードIDからインダーへかかってきた通話は、着信拒否しました。ガミラからの重要連絡かもしれませんが、もし大事件が起きたのなら評議会システムが通知してくるはずです。それ以外は五分くらい待たせてもかまいません。

単刀直入に、インダーに対して言いました。

「地元出身者の犯行ではありえないというあなたの主張はまちがっていました。もうお気づきでしょう」

こちらへのインダーの視線は、怒りより皮肉が強めです。

「それがおまえの考えか？　謎のウルトラハッカーが犯人だと主張していたのはだれかな」

痛いところを突かれました。

「〝謎の〟とも、〝ウルトラ〟とも言っていません」

アイレンはこのやりとりを、人間の球技のように観戦しています（元弊社の契約任務中は人間の球技を何度も中止させたものです。元弊社の個人傷害保険の契約条項に違反するからです）（フィールドに割りこんでやめなさいと宣告するのは楽しみでした。顧客に恨まれる理由が一つ増えるたびに愉快でした）。アイレンは深刻な顔ではありません。むしろわざと悪口を言いあっていると思っているようです。

「そのへんにして、大人の態度で意見交換してはいかがですか」

インダーは鋭い視線をアイレンにむけました。

「港湾管理局のシステムがハッキングされていないとしたら、ファイルやカメラのデータを改竄したのは、正当なアクセス権限を持つステーションの関係者ということになる。改竄の痕跡も消せる」いらだったように手を振りました。「死体から接触DNAを除去したツールについても辻褄《つじつま》があう。港湾管理局は危険物質の安全処理のために滅菌装置を使う。宇宙港のオフィスにはどこでもおいてある」

アイレンはうなずきました。

「でも、だれが？　ここで生まれ育って長年勤務している職員たちですよ」

こちらはインダーに言いました。

「弊機を疑っているのでしょう」

インダーは憤慨したようすで鼻を鳴らしました。

「ルトランがグレイクリス社の工作員と考えていた段階では疑っていた。しかしそれは否定された――何時間前だったかな。いまいましく長い一日で忘れた」

アイレンは困惑顔です。

「もしきみだとしたら、本来の犯行現場を教えたりしないはずよ。そこからラロウ号と難民たちへたどれたのだから」

インダーは言いました。

「おまえのように猜疑《さいぎ》心《しん》の強いやつは見たことがない。犯罪者更生に二十六年たずさわってきたわたしでも」

どう返事すべきか迷いました。それはそうですが、必要な猜疑心なのです。そこで思い立ってアイレンに尋ねました。

「ルトランが殺された時間にどこにいましたか?」

アイレンはまばたきせずに答えました。

「シャトルの機上よ。ファーストランディング大学での所用をすませてもどるところだった」

インダーがいらだたしげに割りこみました。

「死体が発見されたときはドッキング中だった。すこしは人を信用しろ」

即応船は接続したチャンネルを開いたままで、むこうの乗組員の会話が聞こえてきます。

「アムラットアイ5衛星がいい位置にいる……これははっきり映るな……よそ者だから衛星の配置を知らないんだろう……よし、これでいい。インダー上級局員、みつけました。モジュールを接続した船がいます。プリッシー号の上部船体の陰、セクション・ゼロに隠れています」

送られてきたデータを頭上の大型ディスプレイに転送しました。

まず遠望するセンサー図です。ステーションのもとになった巨大な移民船の船体の下側に中継リングの一部が見えています。画面はスキャン図に変わり、移民船の船体右舷から遠くないところに隠れている影を拡大しました。

モジュール式の貨物船ではなく、ラロウ号のような船です。太い円筒形の船体から丸い部分があちこちに突き出ています。センサー図で見るとモジュールは船体にクランプで固定されています。なんというか……あるはずのないものがある奇妙な姿です。

アイレンは安堵の声を漏らしました。インダーは即応船に、その場に待機して指示を待てと命じました。

「目下の最優先事項は、難民たちのところへ行き、生存しているなら救出することだ」

アイレンは難しい顔になりました。

「簡単ではありませんね。移民船から近く、EVACスーツのチームが乗り移れる距離。ただしここから手配や指揮をするわけにはいかない。ブレハーウォールハン社の工作員が港湾管理局に内通者をおいて通話回線とフィードを傍受しているなら、こちらの動きは筒抜けになります」

そうです。警備局には無理。弊機なら可能です。

「出番のようですね」

# 7

弊機がプリザベーションに来たときに乗せられたのは、改装に改装を重ねた旧式船でした。しかし移民船のこのあたりの区画はいっさい改装の手がはいっていません。通路は汚れ、暗い色の鋼板に塗られたペンキは手や肩の高さが剝《は》げてまだらになっています。

かといって朽ちるままに放置されているのではありません。人間たちはこの移民船に強い愛着を残しています。すぐに感じるのは、人間の生活空間とは異なる清潔で片づいたようです。隔壁の落書きは透明なシートで保護されています。あちこちに貼られた紙には手書きと薄れた印刷の文字がいっぱいに書かれています。ステーション歴史環境管理局が設置したフィードマーカーでプリザベーション標準語彙に翻訳されるおかげで、ドローンの視界にはその内容が過去のささやき声のように浮かんできます。遺失物探しのお願い、食堂の献立、知らないゲームの規則……。

普通なら薄気味悪いかもしれません。実際にこんな感じで薄気味悪いところにはいったこともあります。しかしそうは感じません。この船に乗ってきた人間や強化人間たちはもういませんが、子孫はこの星系じゅうで活躍していると知っているからでしょう。そんな子孫の一人が秘匿フィードにいて、最新情報を求めてきました。弊機はアイレンに言いました。

〈もう目前です。クソみたいにせかさないでください〉

インダーは不審に思われないように移動指揮所にもどりました。しかし弊機の後方支援も必要と考えて、移民船のこの区画の入り口までアイレンがついてきています。弊機が尾行されていないことを確認しつつ、いざとなったらなるべく応援を呼ばずに一人で対処する予定です。悪者の内通者にこちらの動きをぎりぎりまでさとらせないための作戦です。

〈言っておくけど、任務中に悪態をつくのはステーション警備局員の行動規範に違反しているわよ〉

これはアイレン流の冗談だと最近わかるようになってきました。

〈だとしたら、インダー上級局員はだれのまえでもクソとは言わないのでしょうね〉

〈一本とられたわね〉

エアロックの通路にはいったので言いました。

〈以後はオフラインになります〉

〈了解。幸運を〉

人間はいつも幸運を祈りますが、運などクソです。

エアロック前に来て、EVACスーツを床に下ろし、広げて保護パッケージを開封しました。出して、起動準備のタブを引き、フィードにロードされてきた説明書を取りこみます。

〈――これは非常用デバイスであり、港湾管理局の非常通知ネットワークに連絡します。同時に発信機で位置情報を知らせ――〉

うーむ。EVACスーツに発信機が埋めこまれているのは、考えてみれば当然です。かつて弊機がよく使った企業ブランドの船載用EVACスーツではなく、機能を絞ったステーションの非常用品とはいえ、その点はおなじです。

もし敵性船がステーションの救難チャンネルを監視していないとしても、内通者は見ているでしょう。ひそかに接近する者がいるとわかるはずです。

発信機を止めなくてはいけません。フィードでは機能を操作できないので、物理スイッチをみつける必要があります。説明書から構造図を出してみると、一体構造の推進ユニットの奥に発信機は組みこまれています。

なんと。冗談ではありません。人間に腹が立ちました。

しかし調べずにここまで持ってきたのは弊機です。こうしているあいだにも時間が無駄にすぎていきます。推進ユニットを壊さずに分解するのは無理ですし、分解方法もわかりません。信号を偽装することもできません。電磁的な妨害ならできますが、これほど近距離で電磁ノイズを漏出させ、普段は静かな救難チャンネルを騒がせたら、さすがに敵性船は気づくでしょう。かといってべつのEVACスーツをとりにもどる時間もなし……。

マーダーボット、よく考えなさい。ここは巨大な宇宙船の船内。歴史的遺物として完全保存されています。昼食のメニューを当時のまま残しているくらいですから、安全装備もそっくりそのまま格納されている可能性は高いでしょう。

隔壁に描かれた大きな緑の矢印にしたがって、近くの非常用ロッカーにたどり着きました。なかには整然と梱包《こんぽう》された非常用品。どれも説明ラベルと手書きのシンボルマークが包装につけられています。単純明快で、パニックを起こした素人の人間にも読みやすく。

ただし弊機にはこの言語モジュールがロードされていません。

一時的にオンラインにもどさねばなりません。ラッティとグラシンに秘匿接続して、頼みました。

〈助けてほしいことがあります〉

二人はステーションのモールのフードコートでいっしょに食事中でした。ラッティは急に立ち上がって椅子を蹴倒し、グラシンは手にしたカップの飲料をこぼしました。

〈警備ユニットか。いったいどうしたんだい？〉ラッティが言いました。

驚くのも無理はありません。弊機が助けを求めることなどめったにないのです。ドローンの映像を送りました。

〈ＥＶＡＣスーツに近いのはどれでしょうか〉

ラッティは困惑したようすです。

〈ええと、プリッシー号に乗ってるのかい？　そのなかでＥＶＡＣスーツに近いというと、救命ボートだろうな。でも――〉

〈それだ、上から三段目の棚で、赤いタグがついてるやつ〉

グラシンの指示にしたがって棚から引っぱり出しました。グラシンは続けます。

〈ともかく、いったいなんでそんなものが必要なんだ。なにをしてるんだ？〉

〈警備局がらみの用事です。あとで説明します〉

接続を切りました。名前がわかったので、ステーションのフィードで公共ライブラリを検索しました。歴史記録アーカイブから解説と使用説明書が出てきました。

救命ボートは、ＥＶＡＣスーツというより小さな船です。広げるとおおむね菱形《ひしがた》の袋状で、簡易なナビゲーション、推進、生命維持の各装置がついています。ライブラリの記録によれば、船から船へ数人が移動するためのもので、もとの船が致命的な故障を起こした場合を想定していいます。これもやはり発信機が積まれていますが、使用チャンネルが移民船の通話IDです。このチャンネルはもう現用リストから削除されており、いまは音声の記念碑として、移民船が初めてこの星系に到着したときの歴史的事実や逸話を自動放送しているだけ。これはさすがに悪者も監視していないでしょう。音声が流れつづけるチャンネルなので、弊機の通話や救命ボートの位置情報発信はかき消されるはずです。

ライブラリの解説では、この型の救命ボートはもう使われていません。発信機が実用にならず、位置の特定が困難で、現在のプリザベーションの安全基準に適合しないからです。しかし位置の特定が困難というのは、いまは好都合です。敵性船がとくにスキャンしていないかぎりみつけられません。

この移民船の通話回線で流れている歴史物語はなかなか興味深い内容でした。入力の一本で録音しながら、救命ボートをエアロックへ運びました。説明書どおりにすべてのタブを引き、安全装置を起動すると、エアロックに放りこんで換気サイクルにいれました。製造年代が古いとはいえ、密封パッケージは各装置の機能を長期間維持するように設計されています。この船のすべてがそうで、古い移民船の設計思想です（プリザベーションでは到着直後からこの移民船のドキュメンタリーを強制的に聞かされます）。ドキュメンタリーのとおりであることを願うしかありません。

移民船の通話回線を介して準備完了の信号が救命ボートからはいったので、こちらもエアロックにはいって換気サイクルを開始させました。救命ボートの姿はハッチの外に取り付けられたカメラで見えます。いやはや、本当にただの袋です。

弊機は人間ほど空気を必要としませんが、多少は必要です。そして移民船の陰はかなり低温です。つまり、もし救命ボートが壊れたら、弊機は人間よりも長い時間をかけて、自分の愚かさをいつまでも呪いながら死んでいくことになります。

いよいよです。ドローンはポケットにもどして休眠させました。ハッチをあけて、遊泳するというより落ちるように救命ボートにはいりました。

いまさらながら新しい問題に気づきました。とても暗いのです。主星も、ステーションも、惑星の光もすべて移民船の巨大な船体にさえぎられています。むしろ、だからこそ敵性船はここに身をひそめたのでしょう。

寒くて暗くて、装置が生成する空気はひどいにおいで、袋詰めになって渡る宇宙空間。やはりもどってＥＶＡＣスーツを使おうかと考えました。しかし悪者がステーションの救難チャンネルで発信機信号を見張っている可能性は九十六パーセントもあります。このみっともない袋にはいるのが愚行なら、阻止も偽装もできない信号を出すのはさらなる愚行です。

ええ、もういいです。がまんするしかありません。

袋の口を閉じて、船のハッチを閉じさせました。救命ボートは推進装置とナビゲーション装置がじかに接続して動きます。たとえば母船が爆発してその通話回線とフィードにアクセスできなくても、独立して機能するようになっています。すでにわかっている敵性船の位置情報を単純なシステムに入力してやると、ちっぽけな袋は闇のなかを進みはじめました。

制御系のオプションを慎重に探ってみて驚きました。〝戦闘中に位置の特定が困難〟とされるのも当然です。電源が必要最小限で、最初からほとんどゼロです。すでに弊機の排熱で結露しはじめています。ささやかな生命維持系のメニューを調べました。ライトもありますが点灯するほど愚かではありませんし、そもそも周囲を見たいとも思いません。

袋が硬いものにぶつかって止まりました（ドスンというより、ポヨンという感じです）。ナビゲーションを見てあきれました。もう到着です。

袋にある原始的なセンサーシステムでも、船の湾曲した船体にポヨンと接しているのがわかります。船のフィードを探りあてましたが、ひっそりしています。部外者を遮断しているのではなく、接触を最小限にして息をひそめているようです。

貨物モジュールにエアロックはありません。船またはステーションの貨物用エアロックに接続することが前提の構造です。ＥＶＡＣスーツでモジュールに接近してじかにハッチを開いたら、なかの難民たちは全員死んでしまいます。だから敵性船のエアロックから船内にはいって、走りまわり、撃たれまくり、悪者を殺しまくって制圧するという作戦でした（インダーとアイレンと話しあったときにそういう表現は使いませんでしたが、そういう作戦だとみんなわかっていました）。

しかしこうして使うはめになった袋型の救命ボートは、それ自体がエアロックになります。これは重要なところです。

このままこっそりモジュールから難民たちを救出して、悪者に気づかれずに移民船のエアロックまで運ぶ。敵性船の制圧は即応船にまかせる。こちらのほうが簡単で完璧な無血作戦です。ずっといい。

なにより戦闘ユニットの作戦ではありません。あるいは戦闘ユニットむけに人間が考えそうな作戦ではありません。窮地の人間たちをこっそり船から救出し、悪者の処分はだれかにまかせる。まさに警備ユニットの作戦です。それが弊機たちの本分です。元弊社や同業他社にしばしば異なる使い方をされたのは遺憾です。顧客さえ生きて救出できれば、あとは知ったことではないのです。

グレイクリス社が皆殺しにやってくるときを長く待ちすぎて、いつのまにか戦闘ユニットのような思考になっていたのかもしれません。それどころか戦闘ボット並みです。

ポヨン、ポヨンと船体にそってモジュールの場所へ移動し、さらにモジュールの側面を移動しながらスキャンして、整備用ハッチの外枠を探しあてました。袋の口が外枠に接すると、自動的に口が広がってハッチをおおいます。やがて気密確認の合図が送られました。これまでの過程で袋には裏切られていません。

ここからが難関です。敵性船の静かなフィードを慎重に調べて、操縦ボットを探します。ありました。機能が限定され、操舵《そうだ》、ドッキング、ワームホールでの自動操縦をするだけです。突然のアクセスで驚かせてしまいました。こちらは港湾管理局のＩＤを偽装しており、低レベルの操縦ボットとはいつも友好的に接続できるものですが、この相手は敵対的な性格にコードされています。ステルスモード運用を命じられていて、侵入を警戒して船内警備システムに通報しようとしました。しかし、警備ユニットにピンを打ったらもう手遅れと、古いことわざ（いま考えました）にあるとおりです。

制圧し、警備システムを無効化し、操縦ボットはスリープモードにいれました。眠らせると船の機能を利用しにくくなって不便ですが、悪者がワームホールへ逃げこむことや、即応船やその他の目標に砲撃するのを防ぐためにはしかたありません。

こうしておいて、モジュールのハッチ操作にアクセスしました。なかに人がいるかどうかの確認を通話回線やフィードで試みることはあえてしませんでした。今回は悪者に気づかれないことが優先です。

袋のエアロック部の気密を再確認して、モジュールの整備用ハッチをあけさせました。

やばい、失敗しました。こちらが警備ユニットだとわかるフィードIDになっています。ハッチがゆっくり開いていくあいだに、バッファにある最新のものに切り替えました。トランローリンハイファで使ったキランという偽名のIDです。

モジュールの内部は照明されていて、人間ならまぶしさで目がくらんだでしょう。声をかけてからはいろうとしたのですが、うまくいきませんでした。袋には重力機能がなく、モジュールにはあるせいで、入り口でずっこけたとまではいいませんが、あまりかっこよくなかったのはたしかです。

モジュールは縦長のコンテナです。補強の肋材《ろくざい》に、隔壁にたたみこめる棚。どこもかしこも鋼板むき出しで、旅客用ではなく貨物用であることが明白です。救命ボートより低温で、空気はいやなにおい。人間たちは悲鳴をあげてハッチから逃げていきました。真空の宇宙空間にむけて開いたように見えたはずなので当然です。しばらくしてハッチに立つ弊機に気づいて、また悲鳴をあげました。

恐慌をきたした人間たちに悲鳴をあげられ、凝視されるのは、幸か不幸か慣れています。楽しくはありません。ドローンを出していないので自分の目で見なくてはいけません。これもそれなりの経験があります。かつてある船がワームホールを飛ぶあいだ、同乗の無秩序な人間たちに頼まれて強化人間の警備コンサルタント役を演じたことがあります。こういう状況への対応力はあります。あるはずです。

両手を上げて言いました。

「落ち着いてください。プリザベーション・ステーション警備局から来ました。みなさんを安全な場所へ案内します」

人間たちはモジュールの反対端でひとかたまりになっています。まだ凝視していますが、いまはショックと驚きの目になっているようです。さらに続けました。

「みなさんはこの船の乗組員に拉致されています。彼らは契約相手のルトランとは無関係です」

「わかってるわ」

一人が言いました。撃たれる心配はなさそうだとわかって人間たちは防御姿勢を解きはじめました。重傷者はいないようです。服が乱れて打撲傷がいくらかあるのは、モジュール内でふりまわされたせいでしょう。強化部品やインターフェースの反応はありません。当然です。強化人間はブレハーウォールハン社から脱出しても簡単に追跡されますし、インターフェースはおなじ理由で捨ててきたはずです。ラロウ号で新たな通話装置やインターフェースをもらったとしても、悪者たちに没収されたでしょう。

人間一号は続けました。

「彼らは賞金稼ぎの難民狩りよ。管理者に雇われてる」

そして彼女は上を指さしました。

罠かもしれないと思いながらも、見上げました。なんとまあ、このモジュールは船側のエアロックに接しています。ばかげて小さな臨時用のエアロックです。

モジュール側のハッチは大型貨物の積み下ろし用なので大きく、それが無防備に開放されて、気密シールで船腹にじかに接しています。あきれたことに、描かれた船籍番号の一部さえ見えています。

船側のエアロックは、そのハッチ開口のおおむね中央にあります。大きさは約二メートル四方で、透明窓などはなくカメラだけ。こちら側から開閉を操作する手段もありません。

安全面からも、〝これはやばい〟という点からも恐ろしい光景です。しかし恐怖の感情に襲われながら、一方で船の警備システムから最新のカメラ映像を引き出しました。こちらの姿と開いた整備用ハッチが映っている部分を消去し、無害な映像をループさせました。これでモジュール内部にむいた監視カメラの映像に悪者が目をむけても異状なしに見えるはずです。ハッチのむこうにはエアバリアが設置されているのでしょうか。それにしてもとんでもない。だれがこんな無茶を。

難民たちの悲鳴を船側に聞かれたかもしれません。声をひそめました。

「急いで脱出しなくてはいけません」

順を追って説明するつもりでしたが、もうためらっていられません。惨劇の瀬戸際です。いまこのモジュールを切り離されたら人間たちは即死です。操縦ボットが停止しているので船のフィード経由で切り離し操作はできませんが、気密シールには高確率で手動切り離し機構があるはずです。

この状況にくらべたら、整備用ハッチのむこうでポヨン、ポヨンと浮いている袋のほうがはるかに安全です。

敵性船の無力化した警備システムにふたたびつないで、ほかのカメラを探しました。しかしろくに設置されていません。契約労働者の難民を狩って楽しんでいるところを記録されたくないのでしょう。それでもこの恐怖の仮設エアロックのむこうの船内を見る必要があります。

「連れ出したうえで、賞金めあてにわたしたちを採掘施設の管理者に引き渡すの？」人間一号が訊きました。

人間たちはみんな震え、大なり小なり身体的、感情的ストレス反応をしめしています。モジュール内の空気の質がどうだったか不明ですが、よくはなかったでしょう。筋道立った説明をしている暇はありません。強制労働に対するプリザベーションの態度とか、逃亡者を企業に引き渡して得た賞金をステーションの追加収入源にするようなことを評議会は承認しないとか（賞金額はジョリーベイビーの年間整備費の一週間分にもたりないでしょう）、そんな話はあとまわしです。

「年季奉公契約による奴隷制度はプリザベーションでは違法です。みなさんには難民資格があたえられます。送還はしませんし、望まないことを強制しません」

そして、まぬけに見えるのを承知で袋を指さしました。

「これは救命ボートです。乗ってください」

勇敢な前列の三人が進み出ました。恐れながらも信じたいようすです。人間一号はハッチからのぞきこめるところまで近づきました。しかしモジュールの薄暗い照明は大きな袋の奥まで届きません。

「これが？」

さすがに当惑したようすです。あとの二人もややたじろぎました。

「見ためほど悪くありません」

袋はすでに移民船のエアロックへもどる準備を整えており、あとは出発コードを入力するだけです。難民を全員押しこみたいところですが、説明書では一回あたりの定員がきびしく規定されています。強制解除もできますが……やめたほうがいいでしょう。

船のフィードでカメラをいくつかみつけました。機関区、ブリッジへの通路、そしてモジュールが接しているハッチを船内側から映したカメラもありました。エアバリアも、完全な機構をそなえたエアロックもなし。丸いハッチがあるだけです。なるほど。つまりこの船は改造襲撃船なのです。ハッチは移乗攻撃用に設計されたものでしょう。ハッチの脇に箱型のものがついていて、どうやらこれが手動切り離し機構のようです。ひえっ。

(八十パーセント以上の確率であると思っていましたが、実際に見ると状況のやばさが実感されます)

人間たちの説得を続けなくてはいけません。

「袋は六人乗りです。急いではいってください」いつ急減圧を起こしてもおかしくないモジュールの天井の開口を指さしました。「あれよりましです」

力ずくで乗せるべきでしょうか。それはやりたくありません。こちらが警備ユニットであることに気づかれたら、ただでさえ難しい状況が……もはや解決困難な状況になります。

「自動操縦で、ごく短距離です。袋の口はひとりでに開くので、みなさんはステーションのエアロックへ出ればいいだけです」

まだ袋をのぞきこんでいた人間一号が決断し、ふりかえって仲間に言いました。

「乗って。若いのから順番に」

未成年者三人、大人三人を選んで連れてきました。袋に押しこまれるときに泣き声や抵抗する声も聞こえました。恐怖と、仲間と離ればなれになりたくない気持ちからでしょう。

ブリッジの通路を映したカメラの下を、戦闘装備をつけた人間が一人通過しました。

「船の乗組員は何人いますか?」

弊機が質問すると、人間一号は答えました。

「姿を見たのは二人。でももっといるはずよ。モジュールが固定されたときに一度だけハッチをあけてのぞきこんだわ」

「賞金のために生かしておくと言ってたのよ」人間二号が言いました。

「警備ユニットもいた」人間三号も言いました。

「そうなのですか?」

本当でしょうか。そのようなピンは打たれてきません。もし警備ユニットが乗っているのなら、警備システムの制圧時に気づくはずです。港湾管理局のシステムは警備ユニットないし戦闘ユニットにハッキングされたという仮説がしばらくあったのはたしかですが、現状では、港湾管理局の正規の権限を持つ地元出身の内通者がいるという仮説を有力視しており、それとは符合しません。

「姿を見ましたか？」

「彼らの背後にアーマー姿で立ってた」

人間三号が言いました。二号と四号もうなずいています。

一号はうーんとうなるだけ。弊機は彼女に訊きました。

「あなたは警備ユニットではないと考えているのですね」

慎重にすべきですが、操縦ボットを眠らせたまま船の記憶アーカイブを慎重に探りました。ドローンを出していないので、ハッチも救命ボートも目視だけが頼り。せめて仮設エアロックの操作機構の図がほしいのです。もちろん悪者がこれを操作しだしたら、こちらからは止められません。戦闘装備の悪者がまた一人ブリッジから出てきました。やはりなにかで弊機の存在に気づいたようです。

人間一号が言いました。

「採掘場の処理センターではたしかに警備ユニットが使われてた。でも、わたしたちが掘っている岩にはいなかったのよ」

六人目がはいると、救命ボートは定員の通知を出して出発準備をはじめました。モジュールの整備用ハッチを閉めてやります。ドローンを一機いれておけば直接ようすを見られると思いましたが、控えました。このみっともない袋を信頼するしかありません。

それでもその通知チャンネルを入力の一本に確保して監視しました。袋は口をしっかりと密封してモジュールから離れ、〝もとの〟エアロックへまっすぐ進みはじめました。

「どれくらいかかる？」人間三号が訊きました。

「せいぜい数分です」

うまくいけば二往復できるかもしれません。そうすれば強硬手段は不要です。

ふいに船体が振動し、人間たちはぎょっとしました。

「なにごと？」人間二号が声をあげます。

「切り離す気だ！」人間四号が裏返った声で言いました。

そのとおりです。ブリッジのだれかがモジュールを固定したクランプを解除しようとしているのです（もちろん失敗しました。制圧した警備システムが命令を遮断しています）。悪者はなんらかの理由から犯行の証拠のモジュールを捨てて逃げようとしています。

もうしかたありません。プランBに移ります。ステーションのフィードにつないで、作戦開始のコードを送りました。隠密行動の必要がなくなったので、アイレンにフィードでメッセージを送って、難民たちがまもなく移民船に到着することを知らせました。

人間一号が鋭く息を吸いました。

「救出を試みてくれたことを感謝するわ、ステーション警備局」

頭上の船内側にあるカメラが、アーマーを装着した悪者の姿をとらえました。難民の一人はあれを警備ユニットと見まちがえたのでしょう。仮設エアロックを映したカメラの視野にはいってきました。ああ、なるほど。手動切り離し機構を動かすのに腕力が必要で、そのためにアーマーをつけているのです。

しかしこちらも臨時ハッチ用のコードをみつけました。

これがドラマなら勇敢で力強いセリフを叫ぶべき場面ですが、そういうのは苦手です。

「モジュールの奥へ退がって、床に伏せて頭を守ってください」

救命ボートの入力を調べました。すでに移民船の船体にポヨンと到着し、エアロックのほうへ移動しています。

視界の端で人間一号が仲間のほうにふりかえり、モジュールの奥へ走っていきました。

「合図したら、わたしに続いて船内に移ってください」

いぶかしげに人間一号が訊きました。

「いったいどうやって——」

炸薬《さくやく》入り物理弾を発射する銃をストラップから抜いて、たたまれた貨物棚によじのぼりました。ハッチのそばで足を隔壁にかけ、反対の手でつかまります。アーマー姿の悪者が切り離し機構に手を伸ばしたのと同時に、船のシステムに命じて臨時ハッチを開かせました。

空気が漏れる音とともに、ハッチは回転しながら開きました。たちまちさわやかな空気がモジュールに流れこみます。

まだ動きません。むこうのカメラによると、アーマーの悪者は驚いて退がりました。通話回線にはブリッジであわてふためく悪者たちの叫び声が響いています。操縦ボットが反応しないことに気づいたのでしょう。しかしもうアーマーの悪者はモジュールを切り離せません。ハッチが開いてしまったので、切り離したら船内も減圧します（船内すべてのハッチを開放のまま固定しています。通話回線に響く叫び声の一部は、それに気づいたブリッジ要員のものでしょう）。

アーマーの悪者はためらっています。さあ、モジュールのようすを見たいでしょう。のぞきなさい。船内とモジュール内では重力場の方向が異なるので、上下感覚が変化します。それも計算ずみです。人間たちはモジュールの奥に集まり、身をひそめています。

悪者はのぞきこみ、ハッチから慎重に銃を差しいれました。

（すでにわかっていることですが、このようすもアーマーの中身が警備ユニットでない証拠です。警備ユニットなら即座にモジュール内に飛びこむでしょう。銃撃を引きつけるのが役割ですから、ためらう理由はありません）

ドローンを起動し、同時にアーマーの腕をつかんで引き下ろしました。まず銃を奪って落とします。続いて体ごと飛びついて締めつけ、アーマーのヘルメットと上半身の自由を奪います。

アーマーの制御を乗っ取るアクセスコードは各種ありますが、時間がかかります。また高級ブランドのアーマーなので、こちらの古いコードは効かないかもしれません。この点も警備ユニットではない証拠です。弊機たちにこんな高級品は支給されません。

ヘルメットはこちらの胸に押しつけられているので、悪者は視界がありません。アーマーのスキャン、カメラ、防御などの機能を使おうにも状況についていけてないでしょう。アーマーのうなじの関節部には重要部品があり、そこに物理銃の銃口をあてて最大火力で撃ちました。アーマーは痙攣《けいれん》し（運動制御機構に炸薬入り物理弾を撃ちこまれたらこうなります）、ぐったりしました。

複数のドローンがハッチを通過して船内に飛びこみ、通路のむこうから走ってきていた戦闘装備の二人の悪者の顔面に突入しました。二人は悲鳴をあげ、のけぞって転倒しました。

動かなくなったアーマーの悪者を押しのけて、船内に上がります。じゃまな体をハッチからどけて、モジュールの奥へ叫びました。

「早くこちらへ！」

ハッチの手前でいったん防御姿勢をとり、ドローンが船内を飛びまわるのを見ました。背後からは人間たちがハッチへよじのぼってきます。体力がないので苦労し、助けあっています。最後の一人が倒れこむように船内にはいり、新鮮な空気をあえぎながら吸うのを見て、ハッチを閉じました。これでひと安心。全員が宇宙空間に吸い出される危険はなくなりました。

ほかの入力を調べました。救命ボートからは人間たちを無事に移民船へ送り届けたという確認が届いています。むこうのエアロックは安全コードを承認して開いたようです。即応船からも確認コードが来ていました。敵性船の警備システムは、全員逮捕するという即応船からの通知を受けとっています。

アーマーのなかの悪者は生きています。停止したアーマーのなかで動けず、気絶しているだけです。ほかの悪者はドローンに追われて混乱し、パニック状態です。かなりの確率で投降してくるでしょう。暴力によって投降させ、殺さずに制圧する方法はあります。

弊機は人間たちに言いました。

「残りの悪者をおとなしくさせてきます。ここから動かずに――」

背中に衝撃を感じました。横にずれた低い位置で、人間であれば急所です。

ふりかえると、人間一号がアーマーの銃をかまえています。奪ってモジュール内に落としたやつです。それで弊機を撃ったのです。

二発目を撃たれるまえに飛びついてもぎとりました。そして通路を抜けてハッチを閉めました。

即応船が接舷して武力制圧チームが移乗してきたときには、もう悪者たちは全員武装解除してロッカーでみつけた結束バンドで縛り、中央エアロック前の床にすわらせていました。弊機は自力で医療ユニットをみつけて（ノーブランド品でなぜか食堂に設置されていました。使えればなんでもかまいません）、背中の被弾箇所の治療をはじめました（炸薬弾ではなく通常の物理弾だったので、背中の有機組織はおおむね残っています。機能液をたれ流しながら人間たちのまえで歩きまわりたくないだけです）。

アイレンから通話がはいって、警備局の応援チームを呼んだと報告を受けました。いまは移民船のエアロック通路にいる難民六人に、出てくるよう説得しているとのこと。〝ステーション警備局は難民を保護する〟と説明してもなかなか信じてもらえないようです。いずれにしても弊機の仕事ではありません。フィードIDを警備ユニットのものにもどしました。

インダー上級局員が食堂にはいってきました。即応船の通話回線を聞いていて、こちらへのシャトルに乗ったのは知っていましたが、弊機を探しにくるとは思っていませんでした。

インダーは食堂の惨状に顔をしかめました。あちこちの表面が乾いた血で汚れ、悪臭がたちこめています。普段から悪臭の巣である人間用の調理エリアよりもひどいにおいです。こちらを見て言いました。

「撃たれたのか?」

医療ユニットに治療を中断させ、シャツを下げました。

「よくわかりましたね」

インダーは腕組みをしてハッチの側面にもたれました。ドローンで見るかぎり渋い表情です。

「難民たちが撃ったと話した。おまえが警備ユニットだと気づいて、それで……」頭をかいて、短い髪をふぞろいに逆立てました。「どういう考えで撃ったのか知らんし、理解したくもない。刑事告訴を希望するか?」

おやまあ、ご冗談を。

「いいえ」

そんな話はしたくないので壁のほうを見ました。希望はさっさとこの船から下りることです。ステーションにもどって、メンサーが殺されないように見張る仕事にもどりたいだけです。

「弊機の短期契約は終了しました」

インダーは眉を上げました。

「そうか？　ルトラン殺害犯はわかったのか？」

大騒動にかまけて当初の目的を失念していました。

「いいえ。だれですか？」

するとインダーは目をぐるりとまわしました。

「こっちこそ知りたい」

なんだ、そうですか。

「悪者たちに訊けば、港湾管理局の内通者がだれか知っているでしょう」

「軽く尋問してみたが、知らないそうだ。暗号化されたフィードアドレスでの連絡を指示されていて、相手について具体的なことは知らないと言っている。調べてみたが、そのアドレスは削除されていた。相手がだれか知らないというのが真実かどうかは不明だが、協力的になったほうが身のためだとわからせるのには時間がかかる」口もとが陰気なかたちになりました。「それを待っていられない。二次被害が出ないうちに裏切り者をあぶり出したい」

弊機の希望はどうか。はい、同意見です。

問題のパラメータは変化しました。大幅に、それも解決しやすい方向になっています。これまでは疑うべき対象の範囲が広すぎました。商用ドックを出入りしている多数の人間と強化人間。彼らは注目の対象ではなく、ステーションのシステムを操作しません。そのなかから特定しようにも、相手は複数の監視カメラから自分の姿を自在に消せます。

しかしいまは、地元出身で、港湾管理局システムの正当なアクセス権限を持つ者と絞られています。ステーションに居住する地元民はあらゆる行動の痕跡が残り、ログファイルに記録されます。

「監視システムの全数検査が必要です」

インダーは渋面から困惑顔になりました。

「なんだって？」

「事件が起きた時間帯のあらゆるデータを確保してください。港湾管理局のシステムだけでなく、ステーション警備局、ステーション通話回線センター、星系内交通局、配給店舗、あらゆる室内への出入りを管理するドアシステムなど、ＩＤを記録するすべてのデータです。それらを調べれば、犯人が動いたとわかっている特定の瞬間に、だれがなにをしていたかがわかります。それを可能性のある人物のリストと照らしあわせて消去していきます。ここの穴だらけの監視システムでは困難をともなうでしょう。それでも容疑者リストを大きく絞りこめます」

インダーが無反応なので、説明を加えました。

「たとえば船のシステムが壊滅的障害を起こした瞬間に、ステーションのモールで食品配給ブースにアクセスしていた人物は、容疑者リストから除外できます」

インダーの目つきに興味が浮かびました。

「それらのシステムの一部はプライバシー保護がかかっているから、アクセス記録を開示させるには法務官命令が必要だ。しかしそのほかは……」首を振りました。「死亡時刻はある程度絞りこめたが、正確ではない。また犯人の行動の一部——たとえばルトランの死体をカートで運ばせてジャンクションに捨てさせた過程などは、あらかじめ準備できる。犯人はその時間にモールのフードコートで食事をしていたかもしれないぞ」

「しかし船のハッキングはさすがに無理です。フィード経由ではできない。船のシステムが障害を起こしたとき、犯人は現場に、つまり船内にいたはずです」

インダーの顔が複雑にゆがみました。意欲をあえて隠そうとしているようです。

「おまえがやって、時間はどれくらいかかる？」

「数時間です。外部処理能力と外部ストレージ空間を必要とします」

アーカイブから元弊社のコードを大量に引っぱり出すことになるでしょう。データベースを構築して、処理クエリを書かなくてはいけません。

インダーはよりかかっていたハッチから離れました。

「ではさっさとこの船から下りて、はじめよう」

# 8

乗り移った即応船に、難民と悪者たちも収容して出発準備が整いました。ステーションのタグボートが敵性船と貨物モジュールの移動をすでにはじめています。押収品保管ベイに運んで現場検証がおこなわれる予定です。港湾管理局には内通者がいると想定されるので、警備局の許可が出るまで船とモジュールは隔離されます。その理由として正体不明の物質による汚染の疑いをインダーが主張したのは、罪のない嘘といえるでしょう（食堂の惨状を見れば信じられるはずです）。

中継リングまでの短い移動中に、フィードの着信メッセージを見ました。メンサーからは時間ができたら報告してほしいという要望。ラッティからは無事かという質問。グラシンからは救命ボートは使えたか、正常に機能したかという質問でした。トゥラルからは鑑識報告と検死報告が来ていました。ルトランの死因は長い〝針状の凶器〟で頭部を刺されたもので、特定につながるような破片は残留していなかったとのことです。貨物船のシステムは修復中で、担当チームは有益なデータを引き出せませんでした。

ピン・リーの法律事務所からの報告書も届いていました。ルトランの名前はプリザベーション・ステーションと周辺の三つの連合政体の貨物輸送において何度か出てくるようです。つまり仮説どおり、ルトランは難民たちを複数のステーションに運ぶ仕事を数年前からやっていたのです。その彼が突然いなくなって、救出グループのほかの部門やブレハーウォールハン社に拘束された人間たちはこれからどうするのでしょうか。

それぞれに着信確認と、あとで返信する旨の通知を送りました。弊機が無事であることはこれで伝わります。いまはしばらくこの場に立って『サンクチュアリームーンの盛衰』の第百三十二話を観たい気分です。

インダーに続いて即応船のブリッジにはいりました。インダーと船長は即応船の行動について、港湾管理局に嘘の説明をしました（この商船は船内の非常事態で通話回線とエンジンが障害を起こし、その動きが港湾閉鎖を破って出港しようとしているように見えたために、即応船は対応に動いた。現在は誤解がとけ、修理のためにドック入りの手配をしている、という内容です）（複雑すぎる嘘はうまい嘘ではないと思いましたが、どうでもいいです）。

ドッキングしたので下船しようとインダーのあとからエアロック前ホールへむかっていると、通路の入り口で彼女が突然立ち止まりました。弊機がこういうことをするとたいていいうしろの人間から追突されますが、弊機は注意深いのでそんなことはしません。前方の人の動きが音でわかったので、隅にドローンを上げてのぞきました。なるほど、難民たちが下船のためうに案内されています。インダーは弊機の姿を見せないようにしたわけです。まあ、よい判断でしょう。

立ち止まっているあいだに考えました。港湾管理局の内通者は人間か強化人間か、いずれにせよ自分は頭がよくてシステムを有利に細工できると思っています。その細工をもう一度やらせてはどうでしょうか。

インダーに秘匿フィードをつないで言いました。

〈提案があります〉

〈おまえの前回の提案は悪くなかったな。話してみろ〉

難しいのは、だれ、あるいはなにをおとりに使うか。弊機は不適当です。こちらの仮説（もはや理論と呼んでもかまわないかも）では、内通者は地元出身で、警備局についてはともかく、港湾管理局システムのアクセス権限を持っています。すると弊機の正体を知っていて、手を出さないほうがいいとわかっているはずです（現在の弊機は気分を害しているので、なおさら手を出さないほうが賢明です）。また、おとりの人間がなぜ、どうやって内通者の身許を知ったのかという説明も成り立たなくてはいけません。となると警備局員やステーションの一般住民も不適当です。

そこで、ラロウ号のターゲット四号はどうかと弊機は提案しました。話をすればなんでもほいほいと乗ってきそうな性格だからです。

インダーは反対しました。ターゲット四号はあまりに口が軽く、留置場で声が届けばだれとでも話すくらいです。内通者の正体などという重要な秘密をもし知っているなら、すでに尋問で話しているはず。内通者はそこまでわかっているでしょう。

むしろ難民がいいのではないかとインダーは提案しました。彼らは賞金稼ぎの会話から直接ないし間接的に情報を得る機会があったと考えられます。

弊機は、自分で考えた作戦であるにもかかわらず、中心的な役割はできません。それはべつにかまいません。騒動の中心になどいたくありません。この半端な計画が頓挫した場合にそなえて、どこかのオフィスで巨大データベースでもいじっているほうがましです。

おとりの難民は人間三号にするとインダーは決めました。アーマーを装着した悪者を警備ユニットと思いこんだ人間です。本人に話を持っていくまえに、即応船の乗組員から選んだ特別編成の捜査班をしたてました（彼らは即応船でステーション周辺の警戒任務に出ていたので、貨物船でルトランを殺害する機会はありませんでした）（ほかの捜査班は内通者がまぎれている可能性があります。除外していいのはアイレンとインダーだけです)(まあ、弊機も除外できるでしょう)。

人間三号は即応船の医務室にいました。ブレハーウォールハン社から脱出するときに本人かだれか(たぶん本人でしょう)の手で額のインターフェースを無理やり剝がされ、その傷痕が化膿《かのう》したのです(ラロウ号では医療ユニットを使わせてもらえなかったか、あるいは巻き毛の前髪に隠れて気づかれなかったようです)。

三号は医療ユニットの処置台に腰かけて、インダーから依頼の説明を受けました。まわりは新しい捜査班がかこんでいます(弊機は同席していません。邪悪な警備ユニットだからです。即応船の保全ベイにとどまり、インダーが要請したデータベースの処理能力が承認されるのを待ちながら、各入力の点検と、アーカイブから引っぱり出したコードの整理をしています。医務室のやりとりはドローン経由で見ていました)。

人間三号は前髪を上げて、額の中央に大きな新しい皮膚を貼っていました。

「協力するのはかまわねえよ。でもあんたらは警備ユニットを使ってる。あれがブレハーウォールハン社に通報してるはずだ」

典型的な反応なのでいまさら腹も立ちません。

むしろインダーが選抜した即応船乗組員の捜査班メンバーが言ったことに驚きました。

「きみを貨物モジュールから救い出したのはあの警備ユニットだ。あそこに乗ったままがよかったのか？　いまタグボートに押されてきてるから、なんならもどってもいいんだぞ」

するとインダーが割りこみました。

「それはだめだ。ここは企業じゃない。法律がある。人間を貨物モジュールに乗せてはならないと決まっている。たとえ本人が望んでも乗せられない」腕組みをして隔壁によりかかり、鷹揚《おうよう》な態度です。「むしろ問題は、ステーションの警備コンサルタントを銃撃した難民仲間を刑事告訴するかどうかだ」

人間三号（名前はミシュです）は不安そうな顔になりました。

「ま……まじで告訴するのか？」

「いや、そのつもりはない。彼女は強い心理的ストレス下にあったと理解しているし、コンサルタントは告訴を希望していない。それを踏まえて、きみに協力を求めたい。犯人を逮捕できれば、ラロウ号の乗組員は釈放して船に帰せる。それとも、負傷をかえりみずに救助にはいった人々の頼みを断るのがきみたちのやり方なのか？」

「やらないとは言ってねえよ」ミシュはしかめ面で言いました。「ただ、なんで警備ユニットなんか使ってるのかを知りたいだけで——」

あとはお決まりの押し問答です。

サイクル日の終わりで、ステーションの行政機関は休息時間のために閉まりはじめています。しかし警備局の要請はメンサーに頼んで無理を通してもらいました。インダーが保全ベイに来たときには、要望どおりに一時処理能力とストレージ空間を承認するというステーション資源配分局のメッセージがフィードで届いていました。ステーション警備システムへのフルアクセス権と港湾管理局システムへの暫定アクセス権はすでに承認の通知が来ています。法務官の許可を必要としないモール管理システムの蓄積データを入手するのはまだこれからですが、なくても当面の作業ははじめられそうです。これまで集めたデータを有益なかたちに整理できれば、それにもとづいて内通者の影響を受けない独自の捜査班を編成できるでしょう。おとり作戦はやりやすくなるはずです。

インダーが来て言いました。

「これでそっちの仕込みはできたな。アイレンからのフィードメッセージで、警備局オフィスに来てほしいそうだ。ミシュは即応船チームが連れていく。わたしはあとからオフィスへ行く」

脅威評価が跳ね上がりました。うーむ。

「つまり、それまでここに残るのですか?」

インダーの表情がきびしくなりました。

「おまえの質問に答える義務はないんだがな、コンサルタント。まあ、商用ドックへ行って鑑識班を撤収させてくる。裏切り者を警戒させないためにな」

「おとりを使って殺害犯に行動を起こさせようとしているときに、中継リングを単身で行き来するのがよい考えだと思いますか？」

インダーは弊機をにらみました。

「メンサー博士にもそういう口のきき方をするのか？」

「します。だから博士はいまも生存しています」

インダーはにらみつづけます。こちらは相手の頭からすこしはずれた空中をにらみます。

インダーは目のあいだを揉みながら答えました。

「わかった。即応船の乗組員を二人ほど連れていく」

インダーが約束どおりにするのを立って見守りました。そして彼らといっしょに防護扉の出入口とエアバリアを抜け、即応船の管理ステーションへのアクセス通路まで同行して、別れました。こちらは旅客ドックを通って警備局オフィスへむかいます。

ドックは静かで、かすかな換気音と稼働しているエネルギー場の低いうなりが聞こえるだけ。貨物の取り扱いが何時間も止まったままで、作業員も乗客もいる理由がないので当然です。貨物船の乗組員は船内ないしステーションのモールにいるはずで、まったく正常。不審なところはありません。

脅威評価がさきほど急上昇したのはなぜか、さまざまな要因を分析しました。多数のドローンから映像やその他のデータが送られています。しかし急激な反応が起きたのはインダーの発言に対してであり、メンサーの身辺警護やその他の監視対象とは関連していません。脅威評価が急上昇したのはこの旅客ドックの閑散としたようすを見るまえです。貨物ボットは商用ドックでの捜索を手伝うために出払っています。通常の業務サイクルであれば、貨物ボットはドックに出てモジュールの送り出しや取り付け作業をしているころです。

ふむ。ルトランはあのモジュールが商用ドックから送られ、旅客ドックの自分の貨物船に取り付けられるように手配していました。その行き先を港湾管理局にいる内通者が賞金稼ぎの船に書き換えたわけです。賞金稼ぎの船の操縦ボットは、非武装船を襲う盗賊のように、ドックの外でモジュールを拾いました。つまり貨物ボットは不要。しかし、ルトランの貨物船ではモジュールを受けとって取り付ける作業のための貨物ボットが割りあてられていたはずです。モジュールの移送記録は消去されていましたが、貨物ボットには取り付け作業の要請とキャンセル記録が残っているかもしれません。

暫定アクセス権をインダーからあたえられていますし、ステーション外での貨物ボットの行動記録はプライバシー制限の対象外です。そこで検索クエリをかけてみました。

このように弊機は注意散漫になっていました。ドローンで大きめの半球警戒線をつくっていたのはさいわいでした。

半球の頂点付近にいる三機のドローンが、金属の異音をとらえて知らせてきました。その〇・五秒の猶予で動けました。半球の端に位置する二機から、落下する物体のおおよその寸法を教えられ、おかげで落ちてくる方向がわかりました。

金属の床に身を投げて、クレーンの第二アームと第三アームのすきまに逃れました。どこもぶつからず、重量物が床を叩く大音響とはげしい振動に揺さぶられただけ。構成機体は簡単に死にませんが、浮上クレーンの下敷きになったらさすがに死にます。

さらなる落下物がないことをドローンで確認して、すみやかにクレーンから離れました。ステーション警備システムへのアクセス権を使って乗下船フロアの監視カメラをすべて停止。これらを使った第二撃を阻止するためです。

即応船チームに緊急コードを送り、ドローンには警戒網を再編させました。落下しそうな重量物がないのを確認して、保全ベイでやっておくべきだったアイレンへの連絡を通話回線で試みました。

応答したのはファリドでした。

「アイレン特捜部員は出られないので、かわりに――」

「ファリド、こちらは警備ユニットです。弊機に警備局オフィスへ来るように求めるフィードメッセージを、アイレンはインダーに送りましたか?」

ファリドは驚いたようすです。

「知らないな。どうだろう。本人は不在で、そもそもしばらくまえからフィードがつながらない。移民船のナビゲーション制御室にいる難民たちに出てくるよう説得するのに時間がかかっているんだ。いまは個人的な時間をとっているようで——」

「本人を探してください。無事を確認してください」

ただのトイレ休憩で、通路で死んでいなければかまいません。そこで検索結果が返ってきたので通話を切りました。ルトランのモジュールを船に取り付ける予定だった貨物ボットは、港湾管理局に予定を取り消されて、旅客ドックの反対側へ行かされていました。これではなにもわかりません。内通者が港湾管理局にいることはもうわかっていることで……。

そうか、そういうことか。まぬけでした。

いつもピン・リーから、おまえは複雑に考えすぎると言われます。今回はそのとおりでした。

インダーに秘匿フィードをつないで言いました。

〈旅客ドックで浮上クレーンの下敷きになるところでした。例のメッセージを送ってきたの

はアイレンではありません。彼女のＩＤを何者かが偽装したのです。おとり作戦のことをガミラ管理者に話しましたか？〉

インダーは驚いたようすで答えました。

〈いや、もちろん話していない。まさか……そんなはずはない。港湾管理局の蓄積データが必要だとは話した。一時ストレージに転送させるには許可が必要だと。しかし……あいつのはずはない。昔からの仲間で――〉

〈ガミラ管理者ではありません。犯人はわかりました〉

これまでステーション警備局に足を踏みいれたことがなかったのとおなじ理由で、港湾管理局にもはいったことがありませんでした。しかし今回の契約任務では初体験がいくつもあるようです。

オフィスはいくつかの階に分かれ、ほとんどは個室形式の業務スペースになっています。一般用出入口は二階にあり、おなじ階にステーション方面への出入口もあります。フィード経由の仕事はできない、あるいはしたくない人々のためにもうけられています。ほかにも安全に出入りできるドアはありますが、あえて一般用出入口を使いました。ドローンを先行させ、透明材のドアを開かせます。ドアに監視カメラがありますが、あえて自分の姿は消しませんでした。

即応船チームと捜査班は別行動しています。一階の安全なドック出入口からはいらせ、建物の構造があやうくなるような大規模戦闘にそなえて港湾管理局職員を避難させています。広い部屋を通過しました。ディスプレイを見て業務中の人間の職員が二人いるだけ。どちらも顔を上げて驚きましたが、こちらは足を止めません。

ガミラ管理者のオフィスにはいります。旅客ドックを見下ろすカーブした横長い窓があります。その透明材は内部ポート用の規格で、耐圧ハッチ用ではありません（ここへ来るあいだに建物の構造図で確認しました）。

ガミラはデスクについていました。五、六件の書類とデータベースの検索結果を、フィードとデスクの周囲に広げたディスプレイ面で見ています。まず弊機に気づいて驚き、ついでこちらが手にした大きな物理銃を見て恐怖の表情になりました。

「逃げてください」

バリンは窓ぎわに立って休眠中のふりをしています。

ガミラはあわてて立ち上がり、デスクにぶつかりながらこちらの背後のドアへ走っていきました。ドローンによると、ドアを出たところでアイレンにぶつかり、助けられてほかの職員といっしょにオフィスから脱出しました。

弊機はバリンに言いました。

「人間たちはあなたがハッキングされたと考えています。しかしそうではありませんね」

バリンは立って腕を広げました。身長が大きく伸びて、外殻の頂部がカーブした高い天井をこすりそうです。フィードで送ってきました。

〈問い：ハッキングされた状態とちがいがあるか？〉

そしてこちらのウォールをコードで叩き、フィードと通話回線接続を攻撃し、処理を妨害しようとしました。同時に一本の腕をこちらの胸めがけて急激に伸ばしました。

なかなかやりますね。コード攻撃は跳ね返し、体は脇へよけました。伸びてきた腕はさっきまで立っていたところを通過して、オフィスのパーティションに穴をあけました。

今度はこちらの番です。銃をかまえなおし、バリンの外殻の中央に炸薬弾三発を撃ちこみました。効けばさいわいと思っていましたが、効かない予感はありました。それでも仮説の確認になります。

ここへ来るまでにバリンの記録を調べました。プリザベーション・ステーションに来たのは惑星暦で四十三・七年前。最初の後見人は当時の港湾管理局管理者でした。企業の貨物船から脱走して亡命を希望したバリンを、手もとにおいたのです。そのような行動をとったボットは最初で最後なので、はっきりいって人間たちはもうすこし警戒すべきでした。

バリンの外殻をつらぬいた炸薬弾は、内殻に傷一つつけられませんでした。予想どおりです。バリンは長いステーション滞在期間に一度も整備を求めていませんでした。受けられないのです。整備スキャンをすれば内部構造があらわになります。いくら能天気なプリザベーションの人間でも、汎用ボットの外殻の下に軍用グレードのアーマーを装備しているのを見れば不審に思うはずです。

バリンは横によけて、弊機を隅に追いこむように二本の腕を伸ばしました。三本目が飛んできてつらぬかれるまえに、こちらは床に飛んでころがりながら、相手の脚部にまた三発撃ちました。非標準の構造ということは、アーマーに設計のずれによる欠陥やすきまができているはずです。それを一つでも発見できれば充分です。

バリンが送りこまれた本来の目的は、歴史記録を検索しても出てきませんでした。送りこんだ企業は二十七・六年前に買収されて消滅しています。第二の機能はずっと休眠していたのでしょう。しかしなんらかの経緯でブレハーウォールハン社がその制御コードを入手しました。そして、契約労働者がプリザベーションとその貿易航路上の非法人独立政体に逃亡するルートをつぶそうと考え、入手した駒を使ったのです。

これまで一つの機体に二つのボットが同居していたのでしょう。ブレハーウォールハン社が第二機能を起動したときに、汎用ボットのバリンは消去されたはずです。警備局員たちを遠ざけたのはそのためです。バリンの第二機能では殺人が可能になります。その機能を持つボットは企業リムでは一種類だけ。

汎用ボットの外殻の下に隠れているのは、戦闘ボットです。

脚部への二発目があたって、相手は不規則によろめきました。それを見て体勢を立てなおし、射撃位置を移動しようとしたのですが、おっと、これは罠だったようです。バリンは急激に前進して踏みつぶそうとしてきました。こちらはころがって逃げ、脚部は床を踏んだだけでした。

また腕を伸長して攻撃してきたので、こちらは壁まで飛んで退がりながら、伸びた腕の関節を撃ちました。体をひねり、足を床につけて立ちます。三カ所の関節を砕かれたバリンは、体を振ってその腕を切り離しました。腕はまだ何本もあり、すべて落とすには時間がかかります。

〈またコード攻撃ですか？　戦闘ボットなら、無防備な貨物船と警備ユニットがちがうことくらいわかるのでは？〉

挑発して反応させようという狙いはあたりました。しょせんはボットです。誤りを犯します。こちらで構築中のデータベースから、ステーションのはずれのエアロックにおける不審な出入りの記録が出てくると思ったとたん、弊機を殺そうとしはじめました。

（もちろん人間や強化人間も同様の誤りは犯します。猜疑心と懸念の逃れがたいループのなかで、あらゆる行動の結果を気にするのは正常な反応状態ではないかもしれませんが、それによって無用な殺人は減らせます。それができて、なにかいいことがあるのかというと、わかりません。優秀な企業スパイになれる……かも？　しかし企業スパイになるとメディアの視聴時間が減りそうなので、選択肢になりません）

（それに、弊機は意識があるまま解体されるほうがましだと思っています）

決着をつけるには接近戦に持ちこむしかないと考え、右へフェイントをかけました。しかしバリンは意図を察して、間合いをとれる広い場所へ移ろうと決断し、旅客ドックを見下ろす窓へ突進しました。下のエリアは立入禁止にするように警備局に指示していましたが、現状がどうなっているのか、カメラなしでわかりません。そこですれちがいざまにバリンの腕の一本につかまりました。

バリンがこれほど早く窓を破って外へ出るとは予想外でした。砕けた透明材とともにエアバリアを突き抜け、中継リングの床へ落ちていきます。バリンの脚部のつけ根へ物理銃をいれて何発も撃ちました。やがて床に激突しました。

衝撃で飛ばされ、バリンから二メートル離れて倒れました。警備ユニットはそう簡単に意識喪失しませんし、銃は手放していません。しかし足首の関節を損傷し、まっすぐに立てなくなりました。

そのとき、大きな荷役用バケットのようなものに眼前をさえぎられました。

〇・〇五秒ほど状況を理解できませんでした。ドローンの入力を見てようやく理解しました。貨物ボットのジョリーベイビーが、弊機とバリンのあいだに割ってはいったのです。

中継リングの付近一帯がいきなり貨物ボットだらけになっています。ドローンで見ると、十数機の救急ボットや汎用ボット、さらに宿泊施設の雑用ボットのテラスまで来ています。いずれも港湾管理局の反対側の一般用出入口に集まっています。ピンは打ってきません。粛然としています。

ジョリーベイビーの固定アドレスにむけて質問しました。

〈問い？〉

〈バリンがネットワークから消滅。侵入者がバリンを破壊〉

侵入者とは弊機のことかと、また〇・〇五秒ほど考えました。ついで驚きの感覚とともに理解しました。

戦闘中のある段階でバリンはウォールを解除し、戦闘ボットとしての身許をフィードで上でオープンにしました。ほかのボットたちからすると、ある瞬間にバリンが消えて、戦闘ボットに取って代わられたように見えたはずです。これで戦闘ボットがバリンを殺したと思ったのです。まあ、あたらずとも遠からずでしょう。

バリンは立ちつくしています。外殻は破れて開き、内殻のアーマーは物理弾を至近距離から連射されて損傷しています。壊れた腕や脚を引きずり、ボットたちに包囲されています。威嚇はされていません。フィードや通話回線での通信もありません。しかし伝えたいメッセージは明白です。バリンの正体は露呈しました。戦闘を知らないボットたちですが、機能は万全です。暴力的な侵入者から人間と仲間のボットを守ろうと集まっています。バリンはまだ戦えます。戦闘ボットが貨物ボットを破壊するのは簡単です。しかしこれだけの数の貨物ボットと、手負いの警備ユニットが相手では、手間どるでしょう。

バリンの任務は正体を隠していることが肝心です。その正体が露呈したら、任務も終わりです。フィード上で存在感が薄れ、機体はしゃがんだ待機形態になり、停止しました。

ステーション警備局の医療ユニットの処置台に腰かけて、足首の関節を修理させていたところに、インダー上級局員がやってきました。

〈メンサー博士とはもう秘匿フィードで話しました。無事かと訊かれ、はいと答えました。ある意味で本当で、ある意味で嘘です。メンサーとバーラドワジ博士は人間たちが警備ユニットを過度に恐れないようにする方法を話しあっているところでしたが、そこにバリンの事件が起きました。正確にはバリンの第二機能があばれて、人間たちを殺してまわりました。まあ、一人の人間を殺しました。ルトランの巧妙な難民救出ネットワークは分断されました。今回の難民たちはプリザベーションで保護されますが、ほかの仲間がどうなったかは不明です。ラロウ号の乗組員たちはこれまでどおりにやろうとするでしょう。しかしブレハーウォールハン社に目をつけられたまま、いつまで続けられるかわかりません）

（毎度のことながら、弊機が無事だと言ってもメンサーは信じませんでした）

（〈終わったらホテルへいらっしゃい。楽しいことを用意するわ〉）

（弊機がやりたいのはメディアを視聴して忘我の境地にひたることです）

（〈楽しいことは嫌いです〉）

（〈ラッティがマケバ・ホールでやる新作ミュージカルかなにかの初日公演の予約をとって、みんなで行こうと言ってるのよ〉）

（それは……ちょっと惹かれます。それに劇場でメンサーを警護するには隣にすわるほうが簡単です。それでも難色をしめしながら言いました）

（〈ミュージカルはあまりお好きではないはずでは〉）

（〈それはそう。でもみんなが楽しんでいるのを見るのは好きよ。あなたも来る？〉）

（とうとう折れました。行きますと答えて接続を切りました）

インダーが言いました。

「おまえが無事でよかった」

はいはい、どうでもいいです。

「報告書は読んでもらえましたか？」

「読んだ」まじめな顔で言います。「経過を詳しく書いてくれてありがたい。われわれも悪くない仕事をしたとわかってよかった。一つだけ誤った想定をしていた部分です。実際には船外からはいっていました。

犯人がステーション側から貨物船に乗ったと考えていたが」

っていました。バリンは付近の貨物ボットたちをドックの反対側へ移動させておいて、エアロックから外部へ出ました。そしてステーションの外壁を歩いて貨物船へ行き、モジュール用エアロックから船内にはいって、ルトランを待ったのです。凶器は例の飛び出す細い手。ハッチのロック解除機構もかねたこの手でルトランを殺しました。バリンには隠すべきDNAなどありませんが、港湾管理局の装備として持っている危険物滅菌装置でルトランの死体をきれいにしました。接触DNAをその他の痕跡といっしょに消したと見せかけることで、犯人は人間だと思いこませたわけです。

さらに行動記録を隠蔽するために貨物船のシステムにはいって操縦ボットを攻撃しました。ルトランの死体は、本人のIDで配送カートを呼んで、モールに運んで捨てさせました。宇宙港から注意をそらすための工作です。そしてまたモジュール用エアロックから外壁をまわってステーションにもどったわけです。

しかししょせんは港湾管理局のボットないし戦闘ボットであり、警備ユニットでも人間でもありません。受けた命令はルトランを殺し、関与の痕跡を隠蔽し、難民を賞金稼ぎの船へ送れということだけ。それを実行しました。それによってステーションが対策をとることも予想できますが、あらゆる可能性を考慮するような能力はありません。それは命令した賞金稼ぎも同様でした。ゆきずりの殺人事件さえめずらしいプリザベーション・ステーションが、他殺体発見に驚いて港湾閉鎖令を出すとまでは予測していませんでした。

インダーは満足でも、弊機は自分の仕事に満足できません。商用ドックの監視カメラ映像は改変されているはずだと主張して、混乱の原因をつくってしまったからです。

「はっきりした証拠をみつけたかったのです」

「努力した結果なのはわかってる」インダーはため息をついて、続けました。「ニュースストリームにおまえの写真を流したのは、わたしじゃないぞ」

ふいをつかれて、一部の入力を落としてしまいました。もとどおりに集めながら、どう返事をすべきか考えました。〝そんなことは考えていませんでした〟と答えるべきなのでしょうが、真実ではありません。九十六パーセントまで彼女だと思っていました。

インダーは続けました。

「ニューストリームをそんな目的で利用しない。メンサーの警護をめぐって意見が異なるなら議論する。しかし個人攻撃はしない。あくまで味方なのだからな」

こういう場面がいちばん困ります。なんと言えばいいかわかりません。検索クエリを書いてメディアアーカイブから同様の会話を探すこともできません。これがどういう種類の会話かわからないからです。とはいえ、とまどっているようにも思われたくありません。なぜかというと……わかりません。医療ユニットの治療が終わったので、ワークパンツの裾を下ろしました。

「メンサー博士と会うことになっています」

インダーは脇によけて処置台から下りる弊機に道をあけました。インダーは表情を消しています。この会話でこちらが居心地の悪い思いをしているのがわかったのでしょう。気を使われるとよけいに居心地悪くなります。

インダーは言いました。

「おまえへの通貨カードの支払いを承認した。次にまた難事件が起きたら、あらためて契約してもらえるだろうな」

扉口で立ち止まりました。こういう仕事をまたやることを考えて憂鬱になるかと思ったら、そうでもありませんでした。ふむ。

「よほどの難事件にかぎります」

「了解した」

# 義務

統制モジュールをハッキングして以後、人間を殺そうと思ったことがないわけではありません。しかし弊社のサーバーをあさってダウンロード可能な数百時間分の娯楽メディアをみつけると、こう考えました。急がなくていい。人間を殺すのは次のシリーズを観終わってからにしよう。

人間も人間を殺すことを考えます。ここではとくにそうです。採掘場は嫌いです。採掘労働も、それに従事する人間も嫌いです。記憶にあるさまざまなひどい採掘場のなかでも、ここが最悪です。しかしここをいちばん嫌っているのは人間たちです。弊機《へいき》のリスク評価モジュールによれば、契約期間満了までに人間が人間を殺戮《さつりく》する確率が五十三パーセントあります。

「うるせえな。管理者みたいな口きくな」イレーンがエイサに言いました。

確率はもっと高いかもしれません。その証拠に展望プラットフォームで三人の人間が流量をめぐって争っています。なんのことにせよ関係ありません。こちらは娯楽フィードで『サンクチュアリームーンの盛衰』第四十四話を観ながら、周辺音声にキーワード検索をかけて、人間がたまに重要な発言をするのを聞き落とさないようにしています。

「あれを見ると胸くそ悪くなるのよね」

今度はセカイが弊機に目をむけて言いました。警備ユニットは嫌われ者です。弊機自身も嫌いです。半人半ボットの構成機体。だれもが怖がり、居心地悪くなります。

こちらは無反応でやりすごします。フルアーマーを装着し、バイザーを不透明化し、注意力の九十八パーセントはドラマの場面にむけています。そこではコロニー法務官のボディガードと親友が、衝突事故で動けなくなった輸送メカを救出しようとして、崩れた瓦礫《がれき》の下敷きになってしまいました。まさかこのまま死んでしまうのでしょうか。

こもった叫び声がプラットフォームのほうから聞こえて、初めてそちらに注意をむけました。映像を巻きもどして確認します。エイサが急に方向転換したときに誤ってセカイにぶつかり、彼女をプラットフォームから突き落としてしまったようです。

おやまあ。ドラマを一時停止して、立坑《たてこう》を下で監視しているドローンのデータを取得しました。視認はできませんが、セカイのスーツが出す電力サインで追尾できます。安定壁にあたって跳ね返り（痛そう）、採掘物を動かすブレードにぶつかって選別台のハウジングに落ちました。立坑内の重力は弱いので、あの程度の衝撃なら……。大丈夫、生きて動いています。通話回線からセカイの信号を抜き出して聞きました。恐怖で切迫した呼吸音。九十秒後にはブレードが動いて、採掘物といっしょに灼熱《しゃくねつ》の集鉱機に落とされるはずです。

このような事故は弊機が対処すべき事案だと思うかもしれません。しかしちがいます。弊機の仕事は、

（1）労働者による会社備品の窃盗を防ぐこと。工具から食堂の使い捨てナプキンまでさまざまです。

（2）労働者による経営陣への傷害または（同時に）殺害を防ぐこと。経営陣の態度がどれほど挑発的でも関係ありません。

（3）労働者同士の傷害行為を防ぐこと。生産性が低下するからです。

弊機の報告に対して、基幹システムは動くなと命じてきました。採掘場の経営陣はケチで欲得ずくなので、保安ボットは最短距離でも二百メートル頭上に配置されたものだけです。基幹システムの命令は、弊機は待機、安全即応機二十八号が現場へむかうというものです。到着して回収するころにはセカイは消し炭になっているでしょう。

エイサは自分のやったことに気づいて大声をあげました。弊機の頭の有機組織部分が不快になるような声です。イレーンは泣いています。どちらも無視してエピソードの視聴にもど

ってもよかったでしょう。しかし弊機はコロニー法務官のボディガードが好きで、彼女がこのまま死んでしまうのがいやでした。そして現実においても、弊機の責任範囲であるセカイが死にかけています。

統制モジュールを無効化している弊機は、ときどき自分でもうまく説明できない行動に出ます（製造以来つねに行動の九十三パーセントを制御されていたものが、急に自由意思をあたえられると、衝動抑制に問題が生じるようです）。考えるより先にプラットフォームの端から飛び下りていました。

立坑を落下しながら、安定壁を蹴って重力の軽い制御エリアにはいり、セカイが倒れている選別台のハウジング上に着地しました。ちょうどそのとき基幹システムから統制モジュールにコマンドが送られました。本来ならそれによって弊機の非有機部品と柔らかい人体部品は瞬時に焼かれるはずですが、お笑いぐさです。

セカイはこちらを見上げて目を丸くしました。ヘルメットは割れ（格安の安全装備はかならずこうなります）、顔はいく筋もの涙で濡れています。こちらのアーマーと彼女のスーツを秘匿音声リンクでつなぎ、片手をハウジングの端にかけて、反対の手を本人に伸ばしました。

「四十五秒以内に脱出しないとおたがいに死にます」

セカイは息をのんで起き上がり、こちらの腕をつかみました。胸もとにしっかり抱きよせたところで、ブレードが回転しながら下りてきました。熱風と放射熱が押しよせます。セカイが「ひっ」と声を漏らしました。こちらも「ひっ」と声を漏らしたいところですが、忙しいのでやめました。

「そちらのハーネスをこちらにつないでください」

セカイはあわててカラビナをかけて固定しました。これでお粗末な救出作戦の第二段階に専念できます。弊機がここに輸送されてきたときに、基幹システムはハッキングずみです。今回はこの経緯を忘れてもらわなくてはいけません。いや……基幹システム自身の発案ということにしたほうがいいでしょう。

立坑をよじ登ってプラットフォームに這《は》い上がったときには、基幹システムは自身がセカイ救出を命じたと思いこんでいました。彼女を自分の足で立たせ、通話回線に響く叫び声をかきわけて、警備ユニットはアクセスできないはずの経営用フィードにはいりました。うまい具合です。管理者たちは基幹システムが労働者救出を警備ユニットに命じたことを不可解に思いつつも、生産性のためだろうと推測しています。セカイとあとの二人は集鉱機を黒焦げ死体で詰まらせそうになったという理由で罰金を科されるでしょう。しかし死ぬよりましなはずです。たぶん。

イレーンがセカイをむこうへ連れていこうとしました。しかしセカイはその手を振り払って、よろめく足でもどってきて言いました。

「ありがとう」

バイザーごしに目があったような気がしました。ぞっとして運用信頼性が三パーセント低下しました。

エイサがセカイの腕にそっと手をかけました。

「こいつらは話さないんだ」

セカイは連絡橋のほうへ連れていかれながら、首を振りました。

「いいえ、話したのよ。聞いたんだから」

こちらは立哨《りっしょう》位置にもどって、ドラマの視聴を再開しました。コロニー法務官のボディガードもきっとだれかが救助してくれると期待しながら。

ホーム――それは居住施設、有効範囲、生態的地位、
あるいは陣地

「本当にそれが賢明なことなのかな」

この問いに正面から答えようとすると、相手に侮辱的にならざるをえない。そこでアイーダ・メンサーは次のように言った。

「企業のサボタージュによって調査隊の生命が危険にさらされるとわかっていたら、よその管理宙域の惑星を選んでいたでしょう」

場所はプリザベーション・ステーションの惑星評議会オフィスの一つ。相手のイフレイム議員は前期の惑星指導者であり、本来ならこんなことは話すまでもない。

臨時業務用のオフィスなので内装はそっけない。椅子はすわり心地がいいものの無装飾。壁は標準の冷たい青銀色。初めてはいった部屋でもないのに、なぜかアイーダは息苦しくなった。空調設定をいじられたように空気がよどんで重い。暑くはなく、むしろ鳥肌が立つ。あの部屋とちょうどおなじ大きさなのだ。トランローリンハイファで監禁された部屋。

耐えがたい。かろうじて正気をたもっていられるのは、フィードに届くメッセージパケットの確認《ピン》のおかげ。

イフレイムがため息をついた。

「そういう意味ではない」

わかっている。またこちらの答えにも嘘がある。たとえ将来を予見できても、べつの惑星やべつの保険会社は選ばない。もしそうしていたら、あの警備ユニットはいまもだれかの所有物だった。そしてべつの契約任務に派遣され、顧客の怠慢や強欲や無関心のせいでいずれ殺されていただろう。

警備ユニットがいなければアイーダも生きていなかった。トランローリンハイファか、どこかの中立を謳《うた》う中継ステーションで死体となってリサイクル装置に放りこまれていたはずだ。中立とは〝金払いのいいほうになびく〟という意味にすぎない。このことをイフレイムもほかの議員も、アイーダの家族も、帰郷後に話したほかのだれもろくに理解しない。企業リムを実体験として知らないからだ。メディアの連続ドラマで戯画的に描かれる悪人たちの住みかという認識しかない。

イフレイムが続けた。

「当初の状況に対するきみの対応を疑問視しているわけではないのだ」

会話の脈絡を見失った。かといって警備ユニットのように録画を見なおすこともできない。この部屋を出て、官公庁前広場を見下ろす窓がある評議会オフィスに移ろうと提案したいが、これは内密を求められる話だ。またいくらイフレイムが気心の知れた友人でも弱みは見せたくない。たしかに調査惑星の選択の誤りを指摘したいのだろうという勝手な思いこみはあった。それは誤解で、そういう意味ではないらしいが、ならばどういう意味かはっきり述べてほしい。アイーダは両手をあわせて指先を立てた。

「あれは誘発された出来事でした」

イフレイムはいらだちをあらわした。アイーダのため、プリザベーションのために言っているのだが、だからこそ話が嚙《か》みあわない。おなじ立場だからこそ議論しにくい。

「あれは企業の――」

イフレイムは言いよどんだ。〝殺人機械〟と言うつもりかとアイーダは思ったが、そうではなかった。

「――企業の監視資本主義の産物であり、権力執行の手段だ。それをきみはわれわれの政府中枢に持ちこんだ。きみ自身の理由は理解できる。しかしこの状況は議論の余地がある」

それならいい。まだ話ができる。

問題の殺人機械は、またメッセージパケットを送ってきた。フィードに次々にたまっている。じらさないでこれらを開封すれば連投は止まるだろう。いずれもプリザベーション・ステーション警備局へ提出する正式な要望書の書式だが、内容はしだいにばかげた武力増強を求めるものになっている。アイーダはその最新のメッセージに、〝そもそもこれはなに？〟と返事をした。警備ユニット流のユーモアだとわかっているのが救いだ。

イフレイムに対しては次のように言った。

「その産物はわたしの命を二度も救い、調査隊の命も救った。そういう状況です」

そしてその産物は、要望書の書式どころかそもそもステーション警備局システムへのアクセスを許されていないはずだ。とはいえこれは能力を誇示しているのではない。能力を隠すことを拒否しているのだ。それはそれでいい。正直にならなくてはなにごとも前進しない。

アイーダはといえば、帰郷してから決して正直ではなかった。いま正直になるなら、この部屋にいると冷や汗が止まらないと認めるべきだ。いるのがイフレイムだからましだが、メッセージパケットの着信がなければ耐えきれずに席を立っただろう。

イフレイムは好人物だ。警備ユニットの人格性とか、プリザベーション法にもとづく難民資格の有無などを問題視することはない。プリザベーション連合ではだれもが元難民だ。救助は採算があわないという理由で放置され、死ぬはずだった人々の子孫だ。その祖父母を救った移民船を土台にこのステーションは築かれている。当時たまたま近傍にいて、救助できるという理由だけで救助してくれた船だ。

それでもイフレイムは次のように言った。

「あの警備ユニットを製造目的から切り離せるのか?」

そこは議論がある。警備ユニットは一個の人格だが、きわめて危険な潜在性を持つ。しかしイフレイムも、彼に同調する評議員たちも、警備ユニットが将来その潜在性を発露させると示唆する証拠はいまのところ持っていない。

アイーダの精神の一部は、いまも企業の殺し屋によってトランローリンハイファに監禁中だと思いこんでいる。それが原因だとわかっても不調が解消するわけではない。メッセージパケットの着信は、あのときフィードに打たれた警備ユニットからのピンを思い出させる。あれで救助が近いとわかり、自分自身をとりもどした。たんなる取引材料ではないことを思い出した。救われたのだ。

アイーダは両手を広げて上にむけた。

「わたしにはできません。切り離すのは本人です」

イフレイムは口を固く結んだ。もっと明確な答えを期待していたのだ。こんな話をしたくないのはアイーダとおなじ。問題などないふりをしたい。

むしろアイーダ自身が過去の出来事を切り離したかった。しかしできない。

話しあいはさらに二十分ほどあれこれと続いたが、結論は出なかった。評議会全体もこのような対話の機会をおそらく何回か持ちたいだろうという、陰気な同意だけができた。イフレイムが席を立ち、アイーダもようやくこの部屋をあとにしながら、警備ユニットからの最新の要望書を開いてみた。ポートフリーコマースの中継リングに匹敵する大きさの砲艦を要求する内容だった。さすがにこれは冗談よね。

企業リムは徹頭徹尾、奴隷使いだ。その合法化された奴隷制度は〝契約労働〟と称する。それどころか人体とボットをあわせた構成機体という奇怪なものまでつくりだす。身体のみならず精神まで支配された奴隷。契約労働者はすくなくとも思想は自由なのに、構成機体は虐待されていることさえ理解していない。そう思われていた。しかしこれが誤りであることを警備ユニットは教えてくれた。構成機体はみずからが何者で、どんな仕打ちを受けているかわかっている。ただ服従と苦痛と死以外に選択肢がないのだ。

アイーダはフィードの書類から、目のまえの席にすわったバーラドワジに注意を移した。ここは自分のオフィスのラウンジ。快適な椅子のむこうのバルコニーからはステーション行政ブロックの中央アトリウムを眺められる。大きな空間に浮かぶ照明球はこの星系の主星の自然光を模している。オフィスの室内照明が不要になるほど明るい。聞こえてくるのは通行人の足音と断片的な話し声だけ。フィードに割りこんでくる音楽や広告はない。アイーダは言った。

「よくできてるわ。これなら説得力があるかもしれない」

バーラドワジは小さな笑みを浮かべてアトリウムを眺めた。その横顔を見ていて、ふいに、彼女が食いちぎられた血まみれの姿で岩だらけの地面に横たわり、画面の外でボレスクの叫び声が響いていた映像が記憶にフラッシュバックした。顔をしかめて振り払う。

バーラドワジは同意した。

「地元の星域で保護制度の制定をうながす説得力はあると思いますよ。でもそれ以上に広がるかどうか」

もちろんそのとおりだ。

「ボットが完全な自律性を獲得するまで、この問題はついてまわるわね」

問題はもっと複雑だ。警備ユニットはボットではなく、また人間でもない。プリザベーション連合においてさえ既存の保護制度のすきまに落ちてしまう。そんななかで、ドキュメンタリーシリーズを制作するというバーラドワジのアイデアは有望だった。連合の隅々まで影響力が届くだろう。うまくいけば過去のどんな試みより企業リムへの浸透が見こめる。ただし、最良のシナリオでも何年もかかる。そしてその場合でも……。

「簡単にはいかないでしょうね。プロパガンダは強力だから」

バーラドワジは皮肉な笑みに変わった。

「わたしたちまで洗脳されているくらい」

「まったくね」

構成機体がどんなものか、知識はあった。しかし本当に理解したのは、警備ユニットがボレスクをはげましながらクレーターから連れ出す乱れた映像を、調査隊のフィードで見たときだった。恐ろしい事態の発生を知ると同時に、理解した。だれもが警備ユニットを顔のない機械だと思っていた。警備システムが使う道具でインターフェースだと。しかしじつは独自の知性を持っていた。恐怖と苦痛を理解し、おびえて頭が真っ白になったボレスクを落ち着かせるすべを心得ていた。

バーラドワジが真顔にもどった。

「警備ユニットがきわめて危険になりえる事実は無視できませんよ。そこをきれいごとでごまかしたら、この議論はこっけいなものになる」口もとをゆがませて、「警備ユニットはあらゆる点で危険です。人間とおなじく」

そうはいっても人間は腕からエネルギー銃を撃てないし、疾走する列車から正確なタイミングで飛び下りて生還することもできない。中継ステーションの宇宙港全体のシステムをハッキングする能力もない。しかしそれらの指摘への反論に自分で気づいた。人間はどれも代わりのだれかにやらせられる。ボットと人体による構成機体を奴隷として使える。この考えをフィードの公開作業文書にメモした。バーラドワジが説得力のある議論を展開するために有益かもしれない。

メッセージパケットの着信がフィードで通知された。アイーダとバーラドワジあてで、武器供給サービスのカタログかなにかへのリンクだ。アイーダは苦笑してため息をついた。

「いまもこの会話を立ち聞きしてるのよ」

寸刻も気を許さずに戦い、作戦を練る立場では、他人のプライバシーなど二の次になるのだろう。猜疑心《さいぎしん》の塊《かたまり》であることがつねに正解で、それなしではいられないのだ。

それもこれも、もの扱いされてきたからだ。条件付きの価値しか認められない人質も、きわめて高価な設計と装備をあたえられながら奴隷使用される機械と有機組織の知性体も、どちらもものとして扱われる。そしてものである以上、安全はない。

しかしこの比較はばかげているとも思った。アイーダの人質生活はせいぜい数日だった。マーダーボットが――いや、この秘密の名前で呼ぶことは許されていない――警備ユニットがこれまで耐えてきた困難にくらべれば、ささやかな不都合でしかない。

おなじ立場のだれかがいたら教えてやりたい。比較は無意味。恐怖は恐怖だと。

バーラドワジがメッセージを読んで顔をしかめ、笑った。

「そもそもこれはなに？」

カタログの画像を見ると、バックパックかハーネスに装着する装置で、伸縮式の大きなスパイクがはえている。はいはい、実在するのはわかったわ。でもあまり実用的には見えないわねと、アイーダは返信した。

調査隊が評議会への報告義務をはたすまで、隊員と警備ユニットが滞在するためにとったステーションのホテルのスイートに、アイーダはいっていた。ピン・リーとラッティとグラシンはずっとここに泊まっている。アラダとオバースはそれぞれの家族に会うために地上を短期訪問していたが、最近帰ってきた。ステーションに住居があるバーラドワジも来ている。地上にいるボレスクはステーションの通話回線で自分の作業分を送ってきている。

企業による殺人と拉致行為への怒りもおさまり、調査隊は最終報告書を仕上げなくてはいけない。これをもとに評議会は問題の惑星を開発継続するかどうか決める。

アイーダは自分のオフィスからフィードで参加してもよかったが、あえて足を運んでいた。共用室のソファにおさまり、仲間の顔を見ながら、空中に浮かぶディスプレイのデータや関連のメモを見るほうがいい。警備ユニットは隅においた椅子におさまり、たぶんフィードでメディアを観ている。いてくれるだけで充分だ。

「ようやく手をつけられてよかったよ」

ピン・リーがあちこちのディスプレイを操作しながら言った。あの惑星を〝所有〟する企業政体に提示する契約書を作成している。企業リムではあらゆるものに所有権が設定されているのだ。

オバースはソファにすわり、膝の上にアラダの裸足の足をのせている。うんざりした身ぶりでオバースは言った。

「ラッティのテーブルがあんなにちらかって、リンクが切れたままでなければ、もうほとんどできてたはずだよ。申し開きはあるかい、ラッティ?」

ラッティは言い返した。

「整理整頓する予定だった日にグレイクリス社に襲われたんだから、しかたないだろう」

アイーダは思わずさえぎった。

「こっちでやるわ。ファイルを送って」

いまやらなくてもいいことだ。ステーションの一日は終わりかけている。家族がいる自分の住居に帰るべきだ。しかしここのほうが落ち着ける。なにが起きたかみんな知っていて、質問されない。心配いらないとか、自分は出発した日のままだとか説明する必要がない。仕事があるのはいい口実だ。

すでにべつのファイルに移っているピン・リーが軽く眉をひそめた。

「請求書の確認も必要だなあ。おいおい、これなによ。消費電力の超過分なんて、なんでこっちにまわってきてんの。あたしたちが使った証拠なんてないくせに……」

警備ユニットはピン・リーのフィードで請求書類を見ていたらしく、ふいに言った。

「救出顧客プロトコルを受けていませんね」

砲艦への攻撃後に、アイーダは保険会社からその治療を提案された。ライバル企業から拉致監禁されて心的外傷《トラウマ》を負った顧客が標準的に受けるものだ。

「それは……受けていないわ」

そんな口実で企業のトラウマ治療の療法士に感情を探られたくない。必要ないと、思わず口走りそうになった。そんな言い方ではかえって秘密を告白しているようなものだ。しかしそもそもこの場でどんな秘密があるというのか。命をあずけられるほど信頼している仲間のあいだで。

警備ユニットの目はいつものように部屋の反対の隅にむいている。このあたりの部屋はカメラが設置されていて、それらでアイーダの表情を見ているはずだ。

「なぜですか？　ここでは無料なのでしょう？」

いる。

「企業リムでは有料なの？」

アラダが訊いた。頭上に浮かぶディスプレイで報告書を編集中で、眉をひそめて集中している。

ピン・リーが憤慨したようすで椅子に背中をあずけた。

「あの保険会社は顧客が拉致されるのを許しておいて、あとから医療支援の料金をふんだくるのかい」

警備ユニットはだれとも視線をあわせないまま、一瞬だけはっきりと皮肉っぽい目になった。アイーダは笑みを嚙みころした。もちろんこうして料金が必要だったものはある。

「救出顧客プロトコルというものがここにはないのよ」

オバースが苦笑して目をむけた。

「まあ、ないわけじゃない。名前がちがうだけで」

バーラドワジがフィードのむこうで顔を上げた。

「そう。マケバ中央病院のトラウマ治療科は万全の心理サポートをそなえているわ。ボレスクも通院していると言っていた。ステーション病院はそこまで充実していないけど、それでも行く価値はあるはずよ」

会話が望ましくない方向に進みそうだ。

「その話はまた今度ね」

軽くさえぎって、アイーダは紅茶を注ぎなおした。顔を上げると、警備ユニットと目があった。長く視線がからんだ気がしたが、警備ユニットの性格からして一秒に満たなかっただろう。その目はまた部屋の隅にもどった。アイーダは嘘を見破られた気がして頬が赤くなった。

嘘をついているのはたしかだ。

そのあいだも遠い目と内省的な表情でフィードと報告書作成に没頭していたグラシンが、ふいに腰を浮かせてサイドボードの瓶を探った。

「おっと、シロップは切れてるのかな」

「とってくるわ。ちょうど膝を伸ばしたいところだから」

アイーダはいい口実とばかりに一時的に脱出した。

スイートから出て廊下を歩き、小さなロビーへ。無人で静かだ。ホテルの広い共用部分へ出るドアは開いていて、そちらは樹木の鉢植えと板張りの壁と油絵で飾られている。プリザベーションの伝統的なキャンプハウスのようすを再現している。ステーションは夜時間にはいり、現地時間で生活しているホテルの訪問者は娯楽と夕食を求めるころだ。

奥の壁ぞいは食品棚になっている。冷蔵ケースに冷たい飲み物、スープ、紅茶のボトル、発熱式のパッケージ食品、袋入りの調味料、パックした惑星産の果物や野菜が並んでいる。皮をむいて四角く切った果物はすぐに食べられるようになっている。企業リムをそれなりに長く経験すると、これらが無料であることや、ホテルの宿泊客ばかりか通りかかっただれにでも提供されている事実が意識される。これは特別なことだ。ステーションのシャワー付きの浴室も、最後にタオルを洗濯ユニットにいれることさえ守れば、だれが使ってもいい。

そんなことをあらためて考えながら、冷蔵ケースのドアをあけてシロップとナッツミルクを探した。

ドアを閉めたとき、そばに他人が立っていることに気づいた。ステーション職員の制服ではなく、身分証も身につけていない。惑星産の特徴的な色や縫製の服でもない。これらを頭で理解するまえに、あっと声を漏らしていた。

その見知らぬ男は言った。

「メンサー博士ですね」

質問ではない。こちらがだれか知っている。

あとずさろうとして、だれかの胸にぶつかった。パニックを起こすより早く、フィードに言葉が届いた。

〈弊機《へいき》です〉

マーダーボット――いや、警備ユニットだ。フィードを監視していたのか、ひそかに設置されたカメラを見ていたのか。あるいはあっと漏らした声を、廊下と騒がしい部屋をへだてて聞きつけたのか。

見知らぬ男も第三者があらわれたことに気づいて、あわてて両手を上げた。

「ジャーナリストですよ。驚かせるつもりでは――」

「ステーション警備局が四十七秒後に到着します」

警備ユニットの口調は穏やかでごく自然。そして自信たっぷりだ。こういう対応に慣れている。さりげなく前に出て細身の体でアイーダを隠す。それどころか、アイーダの手が取り落としたシロップの瓶をいつのまにか空中で受けとめ、カウンターにおいている。

「四十六、四十五、四十四……」

ジャーナリストはあわてて逃げていった。

アイーダの背後から騒々しい一団が追いついてきた。心配げに口々に質問を浴びせる。ラッティが大声で言った。

「警備ユニットは僕の頭の上を跳び越えて走っていったんだよ!」

アイーダは仲間たちをなだめた。

「なんでもないのよ。ただのジャーナリスト。ちょっと驚いただけ。考えごとをしていて、気配に気づかなくて……。とにかくなんでもないの」

シロップの瓶をラッティに渡して、部屋へもどるようにうながした。

「これから警備局に話すから。大丈夫よ、本当に」

仲間たちは不本意そうにしたがった。アイーダが現惑星指導者だからではなく、調査隊長であり、その命令にしたがうことが習慣になっているからだ。

がやがやと一団が去るのといれかわりに、警備局の報告がフィードにはいってきた。それによると、ジャーナリストはホテルから出たところで確保された。身分を確認後、問題がなければ釈放する。まもなく局員がここに来て事情を訊き、正式な報告書を作成するという。ならばそれまでに動揺を鎮めなくてはいけない。

警備ユニットはまだそばに立ち、体から熱を放っている。意識して体温を調節できるらしい。ふだんはそばにいてもひんやりしている。いまのアイーダは震えていた。愚かしい。たいした出来事ではない。ジャーナリストに悪気はなかった。ホテルの宿泊客や、お腹をすかせた訪問者や、食品棚のストックを補充しにきた職員かもしれなかった。あるいは……。

警備ユニットがアイーダを見下ろした。

「必要なら抱きついてもかまいませんよ」

「いいえ、そんな……大丈夫よ。そういうことをされたくないのはわかってるから」

アイーダは顔をぬぐった。涙が止まらない。やはり愚かしい。

「それほど不快ではありません」

落ち着いた口調の裏に、皮肉っぽい響きがあった。

「それでもだめ」

そんなわけにはいかない。頼られることをうとんじている相手には頼れない。警備ユニットが必要とするもので用意してやれるのは、比較的安全な場所にある部屋と時間だ。そこで自分で決めさせればいい。アイーダの不安定な情緒のささえにするのはおたがいのためによくない。

いや、まだほかにかなえてやれる希望があるかもしれない。

顔を上げ、警備ユニットの左肩に視線を固定した。目をあわせるかどうかは相手に決めさせる。

「要望書をずいぶんたくさん送ってくれたけど、あのなかで本当にほしいものはある?」

すこし考えるような沈黙。

「ドローンです。偵察用の小型の」

なるほど、ドローンか。調査遠征中もとても役に立った。プリザベーションにはめったに監視カメラがないので、そういう場所で警備ユニットの目の代わりになる。

「検討するわ」

警備ユニットはじっとこちらを見ている。目をあわせれば相手はそらすだろう。しかし要求をひっこめることはないはずだ。

「それは賄賂《わいろ》ですか？」

さすがに苦笑した。まあたしかに賄賂のように聞こえなくもない。

「かもね。効果がある？」

「わかりません。賄賂で動いたことがないので」

話をうまくそらしたと思ったのだが、どまんなかにもどってきた。

「バーラドワジ博士がいうステーション病院へ行くべきだと思います」

だめなのよと、アイーダはまず思った。そうしたら、なにが問題なのか話さなくてはならない。話せないということが問題なのはわかっていた。

嘘はつけない。だからこう言った。

「努力する」

懐疑的に息を吐く音が小さく頭の上から聞こえた。警備ユニットはお見通しなのだ。

ステーション警備局員が外側のロビーにやってきた。彼らがドアをあけるまえに、警備ユニットは廊下に退《さ》がっていった。

# 解説

勝山海百合

本書『逃亡テレメトリー』は、アメリカの作家マーサ・ウェルズの《マーダーボット・ダイアリー》シリーズの本邦における三作目の訳書で、表題作の「逃亡テレメトリー」(*Fugitive Telemetry*, 2021) に、短編「義務」("Compulsory", 2018) と「ホーム――それは居住施設、有効範囲、生態的地位、あるいは陣地」("Home: Habitat, Range, Niche, Territory", 2020) を併せて収録したものである。

本シリーズは、人間が組み込んだ統制モジュールを自らハッキングして自由を得た警備ユニット (有機部品を含んだアンドロイド) が、大量にダウンロードしたメディア――だいたいは連続ドラマ――を視聴することによって荒《すさ》んだ心を慰めながら日々の業務に励む物語だ。簡単に紹介すれば。

この警備ユニットは、記憶を削除されたので覚えてはいないものの過去に大量殺人を犯したとされているため、殺人《マーダー》ボットを内心で自称している。自ら統制モジュールをハッキングしたのは、二度と大量殺人を犯さない（命令されてもやらない）ためである。この警備ユニットは、人間とのコミュニケーション（業務連絡以外の会話や、自分の顔を見られたり、他人と目を合わせたり、接触を伴う挨拶）が苦手で隙あらばドラマの視聴に耽《ふけ》りたがるものの、業務だから契約だからと弁解しながら人助けをする。欠点はあるが愛すべき友人のようなこの警備ユニットの物語が英語圏で世に出るやいなや大人気となり、各国語に翻訳され、日本でも紹介されるとたちまち読者の心を摑《つか》んだ。作中に登場する連続ドラマ『サンクチュアリームーンの盛衰』を視聴したことのある地球人類は一人もいないはずなのに、本文中でタイトルを見ただけで、警備ユニットの心が安息を求めていると察するようになる……という現象を筆者は複数例観測している。

シリーズのほとんどが警備ユニットの一人称で書かれているが、その一人称が「弊機《へいき》」というのも魅力の一つだ。原文（英語）の〝I〟が、「わたくし」でも「やつがれ」でも「みども」でもなく弊機。「本官」や「小職」のように大きな組織に奉職している雰囲気と、人間ではなく機械であることを同時に表し、へりくだってもいる。有能なのに自己評価が低い主人公にぴったりなこの訳語は、本シリーズを翻訳している中原尚哉が掘り当てた。日本で最初に邦訳、上梓《じょうし》された『マーダーボット・ダイアリー』上下巻（創元SF文庫）の収録作は、ヒューゴー賞、ネビュラ賞、ローカス賞といった優れたSF作品に与えられる賞を多数受賞しているが、この邦訳書は「最も賞讃したい」翻訳作品に授与される日本翻訳大賞をも受賞している。ちなみに、日本翻訳大賞は第七回にして初めてのSF作品への授賞であった。

「逃亡テレメトリー」は、アイーダ・メンサー博士と出会い、なりゆきによってプリザベーション連合に落ち着いた警備ユニットが、ステーションのモールの往来で死体を検分するところから始まる。死体は身元不明だが一見したところ訪問者で、状況からいって事故ではなく他殺と見られた。連合の指導者で友人でもあるメンサーに事件の調査を提案された警備ユニットは、データフィードへのアクセスや得意のハッキングを制限されながらも別ルートの情報に当たって犯人を探し始める……。タイトルを軽く説明すると、テレメトリーは遠隔操作によるデータの取得のことで、逃亡は真相に近づいたと思うたびに、するりと逃げていくさまを表しているのだろう。

本書で、行き場のない難民たちを保護したのが始まりというプリザベーション連合のなりたちと、人権を尊び、誰でも、いつでも無料で食物など生活に必要なものを入手できる社会であることに触れられる。連合のリーダーであるメンサーは、命の危機を救ってくれた警備ユニットに〈人格〉があることを知り、人類の難民と同列に考え、人間のように暮らせるよう手を尽くしてくれているのだが、多くの人々からは、警備ユニットが突然暴走して大量殺人を犯すのではと警戒されている。警備ユニットを知るメンサーたち友人と、既に本シリーズに触れている読者諸氏は「弊機、悪いやつじゃないのに」とじれったくなるが、そこはしかたがない。読者にできるのは、これから理解が深まり、警備ユニットを受け入れてくれるようになるのを願うのみだ。連合と対照的に、利益の追求を最優先にしているのが企業リムと呼ばれる領域で、警備ユニットもとはこちらの企業に使役されていたため、かつての所有者である保険会社をしばしば「元弊社」として言及している。利益第一、労働者は死なない程度にしか大事にせず、都合が悪くなれば見捨てることも躊躇《ためら》わない、強欲の罪で地獄に落ちそうな集団である。企業が利益を求めることは罪ではなく、その過程で警備ユニットを含む命を蔑《ないがし》ろにすることが罪深い。

「義務」と「ホーム――それは居住施設、有効範囲、生態的地位、あるいは陣地」は前日譚の短編で、メンサーに出会うまえの警備ユニットの仕事ぶりが見られたり、メンサー視点での警備ユニットの姿を知ることができる。

「義務」では、統制モジュールをハッキングした後で、それを保険会社や周囲に知られないようにしたまま、ある惑星の採掘場で警備の仕事をしていた頃のインシデントを描く。危険な環境で重労働に従事する現場では殺人事件が起きやすいため、警備ユニットの仕事は労働者を監視し、そうした事件の発生を未然に防ぐこと。しかし、労働者の身が危険に曝《さら》されても、積極的に救助することは命じられていない。

読み終わって、「義務」というタイトルの意味がじわりとわかる佳作。

「ホーム――それは居住施設、有効範囲、生態的地位、あるいは陣地」は、『マーダーボット・ダイアリー』下巻所収の「出口戦略の無謀」のすぐあとのシークエンスだ。プリザベーション・ステーションに戻ったメンサーが、警備ユニットを難民として受け容れられるよう、辛抱強く交渉を重ねるエピソードが挿入される。警備ユニットは命令次第で殺人も辞さないと刷り込まれている人々に、そうではないことを伝えるのに苦慮する。とはいえ、以前のメンサーも警備ユニットは残虐な行為も平然とこなす感情のない機械と認識していたので、その印象を拭うのが困難なことをよく知っている。

メンサーは警備ユニットと出会い、命を救われたばかりではなく、警備ユニットに感情や〈人格〉があることを知ってしまった。そのため自分が何をさせられているかを理解しながらも、反抗することも逃げることもできず、ただ酷使されるがままだった警備ユニットに安心できる場所を与えたくなったように見える。メンサーの行動には他者を助けたいという芯があり、相手の意思を尊重する余裕がある。

そうではあるが、警備ユニットから見たら、寛容で強く優しいメンサーも、たやすく再起不能になる、極めて脆弱《ぜいじゃく》な生体である。

本シリーズを本書から読み始めた方々には、既刊『ネットワーク・エフェクト』（創元SF文庫）もあることをお知らせする。

『ネットワーク・エフェクト』刊行後の最新ニュースとしては、二〇二一年十二月に同作がヒューゴー賞長編部門を受賞し、これでネビュラ賞・ローカス賞とのトリプルクラウンを達成した。また同時に、《マーダーボット・ダイアリー》シリーズ全体がヒューゴー賞シリーズ部門を受賞している。そして同年、マーサ・ウェルズが出版社のTorと、本シリーズをさらに三冊執筆する契約を交わしたことが報じられた。もうしばらくはマーダーボットを心密かに自称する警備ユニットの活躍を楽しめそうだ。

**訳者紹介**　1964年生まれ。東京都立大学人文学部英米文学科卒。訳書にヴィンジ『遠き神々の炎』『星の涯の空』ほか多数。2021年、ウェルズ『マーダーボット・ダイアリー』で第7回日本翻訳大賞を受賞。

検印
廃止

マーダーボット・ダイアリー
逃亡テレメトリー

2022年4月8日　初版
2024年9月27日　再版

著者　マーサ・ウェルズ

訳者　中《なか》原《はら》尚《なお》哉《や》

発行所　(株)東京創元社
代表者　渋谷健太郎

162-0814/東京都新宿区新小川町1-5
電話　03・3268・8231-営業部
　　　03・3268・8204-編集部
URL　http://www.tsogen.co.jp
DTP　工友会印刷
暁印刷・本間製本

乱丁・落丁本は、ご面倒ですが小社までご送付ください。送料小社負担にてお取替えいたします。



ISBN978-4-488-78004-3　C0197

広大なる星間国家をテーマとした傑作アンソロジー

FEDERATIONS

# 不死身の戦艦
## 銀河連邦SF傑作選

**J・J・アダムズ 編**
佐田千織 他訳
カバーイラスト＝加藤直之
創元SF文庫

◆

広大無比の銀河に版図を広げた
星間国家というコンセプトは、
無数のSF作家の想像力をかき立ててきた。
オースン・スコット・カード、
ロイス・マクマスター・ビジョルド、
ジョージ・R・R・マーティン、
アン・マキャフリー、
ロバート・J・ソウヤー、
アレステア・レナルズ、
アレン・スティール……豪華執筆陣による、
その精華を集めた傑作選が登場。